JN182246

怪談5分間の恐怖

中村まさみ

また、いる……

親による子殺し、子による親殺し、無差別殺人、親や身内による虐待死……。
なぜ、人の世はここまですさんでしまったのでしょう。
人の心にひそむ闇が、日を追うごとに深くなり、
それまではあたりまえであったはずの感情を無にしてしまう。
そんな闇におかされそうな世の中に、一筋の光が届いたなら……。
自らの存在こそが奇跡であり、それは〝いまを生きたかった〟人々の上に存在する。
怪談というツールを用いて、
ほんの一瞬でも命の尊厳・重さ・大切さを感じてもらえたなら……。
そんなことを思いながら、
これからわたしが体験した〝実話怪談〟をお話ししましょう。

怪談師　中村まさみ

もくじ

坂本んち 6
はなれない 12
安いアパート 16
ニワトリ 28
幽霊が出るんです…… 31
かくれんぼ 36
怪奇日食 41
ファミレス 45
遠野で出会った子どもたち 50
機械音 57
あぶらすまし 63
トイレを囲む者 66
イランのヘビ 75
写真の女性 79
コノワロ 84

河童(かっぱ)……90
ふすま……102
あの日……107
たみさん……112
作業着の男……118
風呂(ふろ)にいるもの……128
タクシー……135
はじめての金しばり……143
ハウススタジオ……148
ありがとうの手話……164
沖縄(おきなわ)の部屋で……173
ミキサー室の霊(れい)……183
また、いる……189
痛(いた)む顔……218
空(そら)からの声……238

坂本んち

小学五年生ごろの話。
当時住んでいた町のはずれに、一軒のあれた家屋があった。
すでに住む者はなく、ひどくあれ果てた廃屋だった。

夏休みも終盤に差しかかり、ためこんだ絵日記を早々に片付けると、友だち数人とクワガタをとりにクヌギ林へとむかった。
昼過ぎに出かけたこともあり、思いのほか夕ぐれは駆け足でやってきた。
そろそろ帰ろうかと林を出て、砂利道に自転車のハンドルを取られながら帰途につく。
「あっ」
友人のひとりが、やにわにそんな声を上げて止まった。

なにがあったのかとふりむくと、友人はある一点を見つめている。

赤々と燃える初秋の夕陽にはばまれ、その全容は見えないが、彼が見すえる先にあるのはどうやらあの廃屋らしかった。

「ああ、坂本んちか」

だれかがいった。

「行くか？」

「いいってや」

「なしてよ？」

「おっかねえ」

「ばかでねえのか、なにがおっかねえ？」

「したって、あっこはお化け出るって、姉ちゃんいってたも」

「いいべや出たって。こっちはこんだけいんだも」

引っこしてきたばかりで、友人たちがなんのことをいっているのか、さっぱりわからず、わたしはただだまって会話を聞いていた。

家のまえには草っぱらがあり、一同はそこに自転車を停め、玄関を目指して歩きはじめた。
ガラスがひび割れた引き戸をガタピシと動かし、積もったほこりと劣化した木材の発する、すえた臭気をたたえる空間へとふみ入る。
茶の間に到達したわたしは、一瞬、息をのんだ。
そこには生活が息づき、今にもおくから家人が顔をのぞかせそうな〝雰囲気〟があったからだ。
ちゃぶ台に置かれたままの湯のみ、茶びん。書きかけの便せん、年賀状、婚礼の招待状。
しかしそのすべてに厚くほこりが積もり、もう長い間、主がいないことを強く主張している。
思いかえすと、その主張だけが〝人の家に土足で上がりこんでいる〟という罪悪感からゆいいつ、わたしをまぬがれさせてくれていた。
「おい、ちょっときてみれ」
不意におくの間から声がした。
それまでは各々好きな場所を見て回っていた友人たちが、いっせいにそこに集まる。
半開きになったふすまを開けると、ひとつ年上の孝一が立っていた。

「ちょっとこれ……見れや」
そういうと孝一は、ずり落ちかけためがねを直しながら、おくの方を指さし、そのまま部屋を出て行った。
彼が指さした先……そこは床の間だった。
すでに陽は落ちかけ、まるでセロハンでおおったように、家の中に真っ赤な光線が差しこんでいる。
ところが、おくのその部屋に光が届くことはなく、陰鬱とした漆黒の空間をつくり、我々を待ちかまえていた。
みんなで目をこらして、孝一が指さした床の間を見る。
「うわっ!!」
「なにあれっ!!」
そこにかかっていたのは、古めかしい掛け軸、それもおそろしげな幽霊画であった。
「うわわわーっ!! 早く出れ出れ!!」
その場にいた全員が、一瞬にしてばたばたと外へとにげだし、自転車に飛び乗ってその場を

後にした。
それから三日後、孝一が行方不明になった。
朝から町内総出で捜しまわったが、午後になっても、彼の行方はようとしてわからぬままだった。
その晩、地区会長があわてたようすでうちに飛びこんできた。じいさんが対応する。
「いやあ、いたいた！　孝一見つかったわ！」
「どこにいたのさ!?」
「ほれ、あの廃屋さ！」
「ああ、あの坂本だかっていう平屋かい？　なんだってまたあんなところに？」
「線香あげとったって」
「なにい!?」
小学生が取る行動とは思えない、あまりに意外な返答にじいさんは面食らっている。
「あの家に残っとった仏壇から、線香を立てる香炉とリンを持ち出して、それを鳴らしながら、必死になって手ぇ合わせとったらしい」

「よくあの場所で見つけたもんだって……」

「近くを通ったばあ様が、空き家からリンを鳴らす音がするって、家のもんに伝えたらしくてな」

後にそのことを孝一(こういち)にたずねてみたが、孝一(こういち)にその間の記憶(きおく)はいっさいなかった。

はなれない

ある警察官からこんな話を聞いた。

十数年まえ、ある日の夕方。

関東のある所で、死亡ひきにげ事故が発生。被害者はふたりで、横断歩道をわたっていた親子連れだった。

母親は命に別状はなかったが、残念なことに、手をつないでいた五歳の女の子は即死だった。

すぐに所轄の警察署内に捜査本部が設けられ、科学捜査研究所も乗り出し、徹底した検分が開始された。

ところが……。

事件発生からまる一日経過したころ、別の警察署より連絡が入る。

「『親子連れをはねとばした』という男が出頭してきている」
その人物をすぐに捜査本部のある警察署へ移送し、厳しい取り調べが始まった。
「人をはねたことは、自分でもすぐにわかりました。いったんは止まろうとしたんですが、こわくなってそのままにげてしまいました」
それに対しては、人道的見地からいっても、まったく同情の余地はない。
「でもなぜ、自分から出頭してきたんだ？」
最後に担当警察官が投げかけた問いに、男が〝理由〟を語り出した。

「お母さんの方は先に歩いていたせいか、腰のあたりを引っかけただけだと記憶しています。しかし、あの女の子は……申し訳ないことに、真横からはねとばしてしまいました。
ブレーキが間に合わず、強くはねた子どもがウインドーにつっこんできて、ガラスに大きな穴が開きました。
そのようすがあまりにおそろしくてにげたのですが……」
「にげたが、どうした？」

「とにかく人目をさけようと、裏道をぬけ、いつしかとなりの県に入っていたのです。そのあたりにはいささか土地勘があったもので、夜中になるまで人家のない山の中にかくれていようと思いました。

少し広くなった場所に車を停め、買ってあったお茶を飲もうと助手席の方に手をのばすと、なにかこう……やわらかいものに手がふれたのです。

おどろいてそれを確認すると、20センチほどのクマのぬいぐるみでした」

それは事故当時、被害者の女の子が手に持っていたものであったという。

「それを見たとたん、急激におそろしくなり、林の中めがけ投げ捨てました。夜中になり、人知れず自宅アパートへもどって、車にシートをかけ、部屋でふとんにくるまっていましたが……」

ここまで話すと男は、じっと警察官の顔を凝視して固まってしまったという。

そのときの男の顔は、正に恐怖におののいた特殊メイクでもほどこしたかのようだったと。

「目をつぶってもまったくねむれず、なんどもなんども寝返りをうっていました。

カーテンごしに、外が白み始めたこともわかっていましたが、ふとんからはそのまま出ずにいました。

するとね、刑事(けいじ)さん……ふとんの中で、不意になにかをつかんだんです。

それを、そのままゆっくり引き出してみると……」

それはまえの日に山中に捨(す)てた、あのぬいぐるみであったという。

安いアパート

「人が死んだ部屋に入った」
電話の主は、中学からの友人である塩村だった。
「なんだ！　やぶからぼうに！」
わたしの友人にはこんなのが多いが、それにしても電話をかけてきた第一声がこれである。
「だから、人が死んだ部屋に入ったんだっての」
「あのねぇ、そういう所へ興味本位で行くと、ばちが当たるぞ」
「そんなことはない。なにもない、だいじょうぶだ」
こういう相手を心配しても、ばかばかしくなる。
「それでさ、遊びにこないかい？　今晩」
「ちょっと待てよ！　『部屋に入った』って、引っこししたってことか!?」

「さっきから、そういってるじゃねえか」
（なんでおれの周りには、こんなのばっかりなんだ……？）
正直あきれた。

数日後、結局、わたしは塩村のいう〝人が死んだ部屋〟へと車を走らせていた。
ひとりで行くのはさすがに気がひけるので、仲のいい友だち数人とむかう。
着いた先は、どこにでもあるモルタルぬりのふつうの建物だった。
「ほんとは家賃（やちん）三万九千円なんだってさ。だけど、『自殺した人がいるから九千円でいい』っていわれてな……」
塩村は本当になにも気にしていないようすで、あっけらかんと話している。
「しかしふつう入るかぁ？　おれにはとうてい考えられん」
わたしは、ふつうならだれもが思うことを返した。
「だって考えてみなよ、九千円だよ、九千円！　だれだって入るんじゃ……」
「ふつうは入らんのだっ!!」

友人一同、口をそろえた。
さすがにその部屋で食事をする気になれず、みんなで近くにあるファミレスへむかう。
なにか変わったことは起きていないか、塩村に聞いてみるが、その時点では別段なにも起きてはいないようだった。

それから三か月後のことだった。
塩村から「今晩いっしょに食事をしよう」とのさそいがきた。
むげに断るのもかわいそうなので、とりあえず行ってみることにした。
無理やり部屋に引っぱりこまれるのは、さけたいところなので、チャイムのボタンをおし、同時に数メートルほど下がって塩村を待つ。
「そんなとこでなにしてる？　早く入んなよ」
ドアから顔をのぞかせ、予想通り塩村がわたしを部屋へ招き入れようとする。
「いや、いい。ここで待ってるから、早くしたくせいっ！」
「したく？　なんのよ？」

「そ・と・で・食べるんだよっ！」
「ふ～ん。せっかくハヤシ作って待ってたのにな……」

ごちそうになることにした。
塩村の手料理には定評があった上に、わたしの中にひそむ、根っからのハヤシライス好きがだまっていなかったからだ。
やはり塩村のハヤシライスはうまかった。
夢中で食べていると、少しの沈黙のあと、ぽつりと塩村が話し出した。
「やっぱり、ここ引きはらおうかと思うんだよね……」
「げほっ、ごほっ！　わ、わ、忘れてた、それっ！」
本当にハヤシライスに夢中で、わたしは一瞬、部屋のことを忘れていた。
「うん……あのねぇ、正直いうと霊とかなんとか、そういう類のものは、元来信じてなかったんだよね。『人は死んだら土にかえる』って思ってたし。でも、ああいう形でこられるとねぇ……」

「どういう形でもいいからっ！　ちょ、ちょっと外出ようっ！」
ハヤシライスにうしろ髪をひかれながら、わたしはすぐにこの間と同じファミレスへ塩村を連れ出した。
その場で聞いた塩村の話は、〝二度とその部屋へは行くべきでない〟と感じさせるものだった。

服飾関連の仕事をしている塩村は、ふだん夜九時ごろ帰宅する。
部屋に入ると、すぐに風呂の準備をするのだという。
今のようなユニットバスが当たりまえの時代ではない。タイルばりの浴室に、どかんとホーローの浴槽が置かれている。その当時のアパートは、こういう風呂が多かった。
塩村の部屋も例外ではなく、１ＬＤＫのせまい間取りのおくの部屋に〝それ〟はあった。
手前のリビングで寝るわけにもいかず、ベッドは当然、おくの部屋に置くことになる。
風呂に足をむけると〝北まくら〟になることから、風呂の入り口をまくら側にするしかない、理にかなわない造りだった。

その〝風呂場〟で事件は起きた。
「この間、浴槽の下にせっけんが入っちゃってさ。手で探っているうちに、なんだか『もさっ』とするものをつかんだんだよね」
「……」
「引っ張り出してみると、なが～い髪の毛のかたまりでさ。なんだか変にごわついてんだわ。気持ち悪いから、そのままトイレに投げ捨てた」
いたって冷静に塩村が続ける。
「そしたらな、その『髪』を持ってた自分の指が、なんだかぬるぬるするわけ……。えっ!?　って見たら、こげ茶色の物体が付いてて、それが異常にくさいのよ」
「……魚のにおい」
わたしは当然のことのように答えた。
「そうそう！　よくわかったな！」
「それはな……血のにおいだぞ」

わたしの言葉にも、塩村はおどろく風ではない。
「うん……だと思ったよ。いったん風呂から上がって、懐中電灯持ってきて、浴槽の下をのぞいたら、真っ黒だったよ」
「もしかしてその『死んだ人』って、風呂場でか？」
「大家は確かにそういってた。手首を切ったんだって……」
「そっ、そんなことまで知っててなぜ住めるっ!?」
わたしはあきれるしかなかった。
「だって、金ないし……」
「さっきいってた『ああいう形で』ってその髪の毛のことかよ？」
「そうだよ」
「ふぅ……おれはまたてっきり『出た』のかと思ったよ」
「まさか！　こんな『けいけんな』無神論者のところには、幽霊も出ようがないって！」
そういって笑った塩村の顔が突然引きつった。
目線は、わたしの肩のあたりで固まっている。

我々がいま座っているボックス席には、となりの席との仕切りにすりガラスがはめこんである。塩村は、そのガラスと席の間の、ちょっとしたすき間を見ているようだった。

目線を動かさず、身動きひとつせず、塩村はわたしに聞いた。

「こんなことって……あるかな」

「ど、どうした？」

「ガラス自体に人影なんか映ってなかったのに、そこのすき間から……」

「……す、すき間から？」

「人がのぞいてた……」

そういわれて、わたしも対面する塩村の側の仕切りを確認してみるが、確かにガラスに映らず、すき間からのぞくことなどできるはずもなかった。

「いやな目だった。自分をじいっと、にらんでるような……」

「とにかく出た方がいいって！　それも一日も早く！」

「うん……でもまじで、いま金ないからなぁ。親とはずーっとけんかしてるし……」

「なんだったら、しばらくおれんちくるか？」

「いいよいいよ。だいじょうぶだ。自分でなんとかしてみるさ」
そういって塩村は気丈にふるまってみせた。
なんとかしてやりたいのはやまやまだが、本人があの部屋を出る気にならないと、どうしようもなかった。

それから一週間ほどたったある晩のこと、わたしは寝入りばなにおかしな夢を見た。
どこからともなく、あきらかにうちのとはちがう黒い大型犬が部屋に入ってきて、わたしのふとんをはぎ取りワンワンとほえ立てる。しかし不思議と恐怖感はなく、かえって愛しくさえ感じられるのだ。
するとその犬は突然、わたしのパジャマのそでに食い付き、ぐいぐいとどこかへ引っ張って行こうとした。心の中で（わかったわかった）と考えるとぱっとそでをはなし、今度は〝こっちへこい！〟とばかりに全速力で走り出す。
自分の意識を飛ばして、なんとか犬の後を付いていくと、なんと塩村のアパートへたどり着いた。

すると黒い犬は、塩村の部屋のドアにむかって大声でほえ立て、つめでガリガリと〝開けて！〟をくり返す……と、わたしはここで目が覚めた。

「まずいっ！　これはまずいぞっ！」

時刻は夜中の二時を少し回ったあたり。

電話するよりむかった方が早いと思ったわたしは、近所迷惑もかえりみず大爆音のする愛車のアクセルを一気にふみこんだ。

塩村の家までは、十五分くらいでたどり着ける。

（無事でいてくれよ！）

そう思いながら車を飛ばす。

アパートに到着したものの、部屋のかぎなど持っているはずもない。大家の家のドアをドンドンとやり、なんとかたたき起こすことに成功した。事情を話して、大家立ち会いの下で塩村の部屋へと土足でふみこむ。

おくの部屋へと続くふすま、そして、風呂場のドアを開ける。

そこには浴槽を血で真っ赤に染め、くちびるを紫色に変色させた塩村の姿があった。
「大家さんっ！　早く救急車をっ！」
「あ、ああっ！」
大家があわてて電話をかけにいく。
「おいっ！　だいじょうぶかっ！　しっかりしろっ！　おいっ！」
「う、うう……ん」
「よしっ！　生きてるな！」
数分後、救急車が到着し、塩村は無事に病院へと搬送された。

付きそった先の病院に警察がやってきて、わたしは事情聴取を受けた。しかし〝なぜ塩村の急変を知ったか？〟ということについては、警察官もただ首をひねるばかりだった。
出血がひどく、一時は昏睡状態にまでおちいったものの、塩村は三日もすると元気になって、病院食をばくばく食べていた。
すっかり落ち着いたようすを確認して、わたしは塩村に聞いてみた。

「おまえ、なんで手首なんか切った？」
「わからんのだわ……まじで……。気付いたら病院にいたしな。それより、聞きたいことがあるのはおれの方だ。なんでおまえがおれの部屋にいたんだ？」
「いや、実はな……」
そこでわたしは、例の〝黒い大きな犬〟のことを塩村に教えた。
「そうなんだ……。そう……なんだ……。う、うううっ……」
わたしの話を聞いた塩村は、やがておさえきれずに大泣きし始めた。

その犬の名は〝トビー〟といい、とても頭のいいレトリバーだったそうだ。
しかし五歳の若さで感染症にかかり、あえなくその短い生涯を閉じてしまったのだという。
トビーはその後しばらく、塩村の夢まくらに立ち、手首のあたりを必死になめて介抱していたらしい。
そのかいあってか、傷口は超絶的な速さで回復し、退院するまえの晩を最後にトビーが現れることはなくなったそうだ。

ニワトリ

雨が降っているというのに、わたしはなにを思ったか、ひさしぶりのウォーキングに出た。
その日はいつもの道とはちがう、ちょっと遠回りのコースを選択。
それにしても、なんだかおかしな降り方をする雨だった。
そこそこの量が落ちてきているのに、ちっとも〝雨音〟がしないのだ。
気がつくと、全然知らない家なみ、それも大きな敷地の木造家屋が立ちならぶ一角を歩いていた。
(すごい門構えだな……まるで時代劇に出てくる武家屋敷みたいだ)
そう思いながら歩調をゆるめた。少しあたりを見回しながらゆっくりと散策する。
そんなときだった。

〝ククッ……ククククッ〟

不意に背後からなにかが聞こえた。

ふり返るがなにもいない。

少し歩くと、また〝ククククッ〟と聞こえる。

気のせいなどではない。

以前どこかで聞いたことのあるその音は、まちがいなくわたしを意識しているのがわかった。

急にうすら寒くなったわたしは、そこからジョギングスタイルにスイッチし、一気にピッチを上げた。

（は、早く明るいところへ出よう……）

そう思ったときだった。

〝タッタッタッタ

実に軽快な歩調とともに、なにかが背後から急速に近付いてくるのがわかった。
おどろいたわたしは、ためらうことなくふりむいた！

街灯ひとつないお屋敷街。
依然、降り続く雨は、ますます勢いを増して顔にたたきつける。

……ニワトリ。
闇夜にとけこむようにして、漆黒のニワトリが大雨の中をこちらにむかって疾走してくる。
しかもその大きさが尋常ではなく、まるで小さなダチョウのようだった。
「うわわっ！　な、なんでっ！」
そうさけんだとたん、それはわたしの横を通り過ぎ、細い路地の入り口に置かれた道祖神に吸いこまれて消えた。

いま思い出しても不思議なのだが、あれはまぎれもなく〝ニワトリ〟だった。

幽霊が出るんです……

わたしは以前、自宅からほど近い場所にオフィスを持っていた。

オフィスといっても、ちょっとこじゃれたマンションの一室である。

そのマンションは全部で四世帯入居可能で、わたしのオフィスは建物にむかって右側の二階部分に位置していた。

他の部屋は居住用として、ふつうに人が住んでいるわけで、それなりにご近所付き合いもこなさないといけない。

下の住人が引っこし、そのすぐあとに新婚の夫婦が入居することになったと、ある日、大家が報告にきた。

それから数日後の日曜日、その夫婦のものと思われる引っこしのトラックが到着。しばらく

ばたばたしていたが、夜になって夫婦が手土産持参で、わたしのところにあいさつにきた。
おくさんはなかなかの美人で、旦那さんは東京都内の商社に勤めているという。
「よろしくお願いします」
「こちらこそ……」
おざなりなあいさつを交わしたあと、ふたりは自室へと帰っていった。

それから一週間ほどした、ある真夜中のことだ。
「う……うううぅ～ん……うううぅぅぅ……」
下の階から、なんともいえないうめき声に近いものが聞こえてくる。
そのときわたしは、車雑誌の原稿を書いていた。
わたしは静かな状態でないと文章が書けないタイプで、部屋の中はまったくの無音。
だからこそはっきりと聞こえたのだ。
（なんだかえらく気味の悪い声だなぁ……）
そう思いながら、キッチンにコーヒーを取りにむかう。

すると不意に、部屋の外の廊下に強烈な人の気配を感じた。
あろうことか、わたしはなんのためらいもなく、廊下へ続くドアを開けてしまった。
なんとそこには、見たこともない女が、典型的ともいえる〝古典的幽霊スタイル〟を誇示して、ぬぼーっと立っている。
極端に右にかたむけた顔を小刻みにゆらし、ななめに大きく開かれた口からは、
「ギシッギシッ……ギギッ……ギシギシギシギシッ……」
という、歯ぎしりに似た音を発している。
「うわああっ!!」
あまりのことに、いれたばかりのコーヒーをその場に投げ出し、買ったばかりの高価なマグカップを割ってしまった。
次に視線をもどしたときには女は消えていたが、〝それ〟が立っていたと思われる場所には、そこはかとなく白檀の香りが残っていた。白檀はよく線香に使われる香りだ。
それから十日ほどたった日のこと。朝早く出かける用事があり、わたしはマンションまえの

車庫にむかっていた。
階段を下りていくと、下の部屋のドアが開く音がする。
「おはようございます」
下の部屋の旦那さんにそう声をかけられ、「ああ、おはようございます」とえしゃくを返す。
「あの、すみません、ちょっと……よろしいでしょうか？」
旦那さんに呼びとめられ、なにかと思って聞いてみると、ぜひとも相談にのってほしいことがあるので、今晩わたしの部屋にきたいという。
断る理由もないので、時間をすり合わせてその場をあとにした。

その晩、約束の時間ちょうどにやってきた若夫婦は、なにか思いつめているかのような、実に神妙な面持ちだった。
ソファーに腰を下ろし、意を決したように旦那さんが話し出す。
「あの、あのですね。実はうちの寝室に……幽霊が出るんです」
出しぬけにそういわれ、おどろくわたしにかまわず、旦那さんが続ける。

「十日ほどまえの夜中に、寝室として使っている部屋のすみに、気味の悪い女が立ちまして。それに気づいて家内を起こし、ふたりとも……その、見てしまったんです。

次の瞬間、ふたり同時に強烈な金しばりになっていました。

するとその女がいきなり家内に近づき、おなかの中にこう……手をつっこんだんです。

ふたりともそのまま気を失ったような感じで朝をむかえました。

先に気がついた家内が、腹部の痛みを訴えだしまして、病院に行って診てもらったところ、妊娠していたはずが……残念なことになってしまっている……と」

確かに十日まえの深夜、わたしの部屋にも女の霊体らしきものが現れている。

おかげで、壁にコーヒーによるとんでもない大きさのシミができてしまったのは事実だ。

その後、若夫婦はまるでにげるように、どこかへ引っこしてしまった。

そのマンションでは過去に事件などは起きておらず、その土地にまつわる問題もいっさい見当たらない。

若夫婦本人たちが持つ因縁なのか、それともまったく別の要因なのかは、いまだ判明しない。

かくれんぼ

十三、四年まえ、群馬県の山間部で友人の栗田が体験した話だ。

手がきされた地図をたよりに、栗田はある建設現場の事務所を訪れることになった。

ところが、市街地をはなれて国道から農村部に入ると、その手がき地図がまったく役に立たない。

なん十分もあたりを走り回るが、それらしいものに一向に行き当たらないのだ。

時間の約束をしていないのは幸いだったが、日の高いうちに着かなければ、相手に失礼にあたる。

ところが心はあせっているにもかかわらず、なぜだか先ほどから異様な眠気がおそってくる。

どうにもたえられなくなり、通行の邪魔にならない峠の路肩に車を停め、少し休息を取るこ

とにした。

シートをたおし、腕組みしたまま目を閉じる。

換気のために10センチほど開けた運転席の窓から、小鳥のさえずりや木々のゆれる音が聞こえてくる。

「んっ？」

栗田ははっとした。

だれかが……近くにいる。

車の周囲に積もった落ち葉をふみしだく音は、まちがいなく人の足音だ。

それもさくさく歩いているのではなく、まるで子どもがちょこまかするかのような、そんな足音に聞こえる。

「なんだいったい？」

ひとりごちて身を起こし、周囲を見わたしてみるが、人影などどこにもない。

（気のせいだったか……）

そう思って再び目を閉じようとした瞬間、左のミラーになにかが映った。

まるで車の背後に回りこむかのように消えた、小さな人影。
「な、なんだ？」
なおもミラーを凝視していると、それは車のうしろからひょこっと顔をのぞかせた。
「おいおいおい～」
そういいながらドアを開け、車外に出て周りを確認するがだれもいない。
そしてやにわに思い出した。
先ほどから散々自分はこのあたりを走り回っているが、近隣に人家など見当たらなかった。
「どこかにかくれてるのか？　とにかく車のそばに寄っちゃだめだぞ！」
と声をかけ、ひと通り周囲を確認し、栗田は車内へともどった。
今少し寝ようと目をつぶりかけた、まさにそのときだった。
〝ミシシッ〟とすぐ横にある窓ガラスが鳴った。
おどろいて目をやると、開いている窓のすき間に手をかけ、そこから車内を必死にのぞきこむ男の子の姿が。
「おおい、なんだよっ！」

栗田が声をあららげると、男の子は1メートルほどすっと下がって横に立った。
男の子には白目がなかった。
黒目だけのまなこを見開くと、極端にゆがんだ口で男の子がいった。

「みいいいいつけたぁっ！」

尋常でないものを感じた栗田は、車を急発進させ、いったんふもとの村落まで下りた。
しかし仕事は仕事、「変な子どもを見たので行けません」などという話は通用しない。
携帯電話で会社に連絡し、とにかく現場の事務所への明確な道筋を問い合わせた。
それからなんとか事務所に到着して仕事をこなしたあと、会社にはもどらず直帰することにした。
自宅の駐車場に着いて車を停め、安堵のため息をつく。
玄関を開けようとするが、かぎがかかっている。
インターホンで妻を呼ぶ。

家の中からは、パタパタと小走りでかけてくる子どもの足音が聞こえる。
玄関が開いて妻が出迎えた。
そのうしろにいた子どもがいった。

「みいいいいつけたぁっ！」

怪奇日食

いまから数十年まえのことだ。
北海道の東部で皆既日食が観測された。
当時、北海道網走近郊に住んでいたという、わたしの友人・児玉に少々不思議な話を聞いた。

その昔、北海道開拓のために、関東から入植した児玉の一家。父母は朝から晩まで、真っ黒になって働いていた。
ひとりっ子であるうえに、関東から移り住んだ彼には、なかなか地元の友人もできず、毎日海辺へ行っては石を投げたり、カキの貝がらを拾ったりして遊んでいた。
そんなある日のこと。
いつものようにお決まりの場所へ行くと、見たことのない男の子がたたずんでいる。

最初は気にしないようにしていたのだが、ふり返るとつねにこちらを見ていることに気づき、児玉の方から思い切って声をかけたという。

「いっしょに遊ばない？」

するとその男の子はうれしそうにうなずき、児玉の方へかけ寄ってきた。

そのとき、なにか奇異なにおいに気付いたという。

「なんてえのかな。いまではよく目にするけど、イオン発生装置ってのがあるだろ？　よく空気清浄機なんかについてる、プラズマなんとかっていう。あれって鼻を近づけるとつんとするにおいがあるの、わかるかな……？」

わたしの家にも同じものを発生させる空気清浄機があるため、そのたとえでよく理解できた。

「当時はあんなものないからね。『あれ？　こいつ変なにおいがするなぁ』って思って……。まあそれ以上は特に気にしなかったけど」

その日から、男の子は、まるで児玉を待っているかのように行く先々に現れ、児玉との親交を深めていった。

「いまでこそ忘れてしまっているが、貝がらや流木なんかを使った遊びが楽しくてね。ぼくに

はとうてい思いもつかないような、きてれつな遊び方を彼は知ってるんだ。
しかもそれがひとつやふたつじゃない。毎日ちがう遊び方をくり出しては、日がかげるまで砂だらけになって遊びまわったよ」
ところが。
1963年7月20日のこと。
「明日でお別れだ」
「普段からあまり口を開かなかった彼が、夕方別れ際にそんなことをいうんだ。おどろいて『なんで!?』って聞いたよ。するとな……。
『明日の〝夜明けの晩〟に、帰らねばならない。楽しかった……ありがとう』っていったんだ」
男の子はそういうと、児玉にさっきいっしょに海で拾った、角が丸くなったガラスの破片を手わたして立ち去ったという。
その次の日の早朝、現地でパーフェクトな皆既日食が観測された。
そしてそれ以降、男の子が現れることはなかった。

それどころか、村のだれに聞いて回っても、そんな男の子を知る者は、ひとりとしていなかったという。

ファミレス

ある年のくれのこと、わたしはイベントの打ち合わせのため、都内にあるファミレスを訪れていた。

その前にあった別の打ち合わせが早めに済んだため、予定よりも一時間半もまえに着いてしまった。とはいえ、時計の針は、すでに深夜の一時を指している。

まわりを見ても客足はまばら。

（ひと昔まえなら、こんな時間でもめいっぱい客がいたのに……。これも不景気の余波だろうか……）

そんなことを考えながら、バッグからスケジュール帳を取り出してながめていた。

五分ほどたったころ、若い男女が三人店に入ってきた。

ウェイトレスがわたしの席のふたつ先のボックスに通す。
三人はそれぞれドリンクバーを注文したあと、その中の男性ひとりを席に残したまま、ふたりが飲み物を取りに席を立った。
残った男性はわたしの方をむいた形で座っていたが、なにやらぶつぶつとひとり言をいっているのが聞こえる。
「なんだよ、おまえが悪いんだろ……おれは悪くない。もう……いいかげんにしてくれよ」
空いている横の席を伏し目がちに凝視したまま、同じことをなんどもくりかえすその姿は、なんとも不気味でしかたない。
（なんだコイツ。薄っ気味悪いなぁ……）
そのようすを見て、なんだかえらく〝悪いもの〟を持っていると、わたしは直感した。
対面して座っているわたしとは絶対に目を合わそうとせず、ひたすら下をむいたまま、ぶつぶつぶつといい続けている。
そこへ席を立ったふたりがもどってきた。
そこからは、いたって当たりまえの、今風の若者らしい話題に花が咲き、わたしも特別気に

はならなくなっていた。
しばらくして、女性がこう切り出した。
「そういえば、Mちゃんは？」
どうやらそれは、先程の男性の彼女のことらしかった。
「うん……おれは悪くないのに……」
また始まった。さっきのぶつぶつだ。
そのようすに、男性のむかいに座ったふたりはただ、だまっている。
ふたりがもどってからは声だけ聞いていたが、気になってわたしは例の男性に視線をやった。
あれっ!?
ついさっきまで空いていた男性のとなりの席に、だれか座っている。
……女!?
思わず声が出そうになった。

女の髪の毛は、寝癖のように乱れたまま固まり、見開かれた目はまるで腐った魚のよう。だらしなく口を開けたまま、ななめ上45度あたりをむき、あぁ……はあはあはあ……あああ……はあはあはあはあああああ……と笑っている。

それに着ている服は、まぎれもなくパジャマだった。

するとまえに座っている女性が口を開いた。

「あのさぁ、そういうところマジで直した方がいいんじゃない？　はっきりいって、見ていていらいらすんだよね！」

その声におどろいたように顔を上げた男性は、不意に立ち上がると、ポケットから無造作に小銭を取り出した。

「これ！」

吐き捨てるようにそういうと、男性はテーブルの上に小銭をガシャッとたたきつけ、そそくさと店を出て行ってしまった。

ところが……だ。

その後、どこを見ても、先ほどのパジャマ姿の女が見当たらないのだ。
残ったふたりはむかい合って座りなおし、なにやらコソコソと話し始めたが、わたしの席からはそれを聞き取ることはできなかった。
間もなくしてそのふたりも店を出るようすで、入り口横にあるレジにむかった。
（いったいなんだったんだろう？　あのいきなり現れた女は、どう見ても〝人〟ではなかった……）
そんなことを思いながら窓の外の景色をながめていると、店を出たふたりが歩いていくのが見えた。
が、なにかがおかしい。
そのうしろ姿が、ふたりではないのだ。
まるでふたりの間を割るようにして、もうひとり……いや、並んでいるんじゃない。
ふたりの間を埋めるかのように、〝溶けこんでいる〟のだ。
そう。それは……先ほどのパジャマ姿の女だった。
その〝三人〟は、その後いったいどうなったのだろうか？

遠野で出会った子どもたち

今から数年まえ、わたしはかねて念願だった、岩手県遠野に旅に出た。
旅といっても単なる物見遊山ではなく、友人と撮影隊が入り交じっての取材旅行である。
駅に着くと、さっそくレンタカー会社でミニバンを借り、有名無名問わず名所をめぐる。
時間のたつのは早いもので、気がつくと日はかなり西へとかたむき、カラスたちの一団が山の方角へと帰っていく。
「最後にもう一か所、小さな石塔ばかりがならんだ場所があるんですが、それを見て宿にもどりましょう」
ガイド役を務めるスタッフにいわれてむかった先には、古く小さな石塔がびっしりとならんだ一角があった。
石塔のひとつに目をやった瞬間だった。

〝ちりり～ん〟

風情のある風鈴……そんな趣を感じさせる、心地のよい音色がわたしの耳に届いた。

その晩は、ごくごく一般的な民宿といった雰囲気の宿に宿泊した。

我々に割り当てられた部屋は、六畳ほどの和室で、そこに男三人で寝る。スペース的には余裕のない割ときつきつの状態だ。

雑談を夜半までくり広げ、ふとんをしいたときには、すでに深夜一時を過ぎていた。

夕方、あの石塔がならんだ場所へ行った直後から、わたしにはひとつの〝予感〟があった。

プロ用のカメラに魚眼レンズをセットしてねむりにつくことにする。

しばらくすると、右に寝ているふたりは軽いいびきをかき出した。

日中よく歩いたためだろうか、そのうちわたしにも睡魔がおそってきた。

と、そのときだった。

バシィッッ!!

部屋の右上あたりから、闇を切りさくかのような、強烈なラップ音が聞こえた。

ラップ音というのは、部屋や空間から、聞こえるはずのないある種の音が聞こえる現象のことだ。関節を鳴らすような音や、かわいた板が割れるような音がすることが多い。

最初の音に続いて〝ピチッパチッ!〟という比較的小さな音が、部屋のいたる所から聞こえ出した。

(おお、やっぱりきたね……)

そう思いながらも、わたしの胸は早鐘のように打っている。

いったん上半身を起こし、部屋の中を見定めようとするが、体が動かない。

(……あれ? か、金しばり!)

するとわたしの足元のあたりが、ほんのりと明るみだし、それから左の方に、ひとつの気配が固まりだした。

金しばりになりながらも、じっと凝視しているわたしのまえに、それはゆっくりと姿を現し始めた。

初めは小さな光の玉のようだった。

それらが、すうっすうっ……と床に降り立つと、じょじょに一体ずつ形になりだした。まるで陽炎のように、ゆらゆらとゆらいでいる。

現れたのは、いずれも年のころ、五、六歳の子どもたちだった。中にひとりだけ十歳くらいの女の子がいる。

やがてその子が語り出した。

「主はなぜ、この地に参られた」

口は動いておらず方言でもない。

テレパシーのように、わたしの頭や心に直接、語りかけてきている。

「黙していてはわからぬ。主は空への橋わたりをなしてくれる行者様ではないのか……」

中途半端な姿勢で固まっているわたしになす術はなく、ただただ彼女の顔を見つめていた。

すると、すうっと体が楽になった。
「なぜあなたたちは、死のふちに追いやられたのか？」
わたしも声のない質問をしてみる。
すると、思った通りの答えが返ってきた。
「我はニシノムラの津田の娘で、名をミチという。イナゴが多く出た年の夏に、川に流された。このものたちもまた、その父母に殺められ、あるものは山に捨てられ、またあるものは水に流された」
「なぜ最愛の我が子をその手にかけたのか？」
「……口減らしじゃ……」
わたしは涙が止まらなかった。
愛する我が子を、その手にかけなければならないほどの不幸が、その村で実際に起こっていたのだ。
それがどれだけの苦悩であったか。親が決断のときに感じた悲しみは、我々の想像を絶する。
女の子は続けた。彼女の悲しみが、ダイレクトにわたしの心に伝わってくる。

「父は血の涙を流して、我をしめ上げた。すまぬ、すまぬと声をあららげ、おのれも泣きくれていた。しかし母とともに翌年、肺病で死んだ……」

「父母はむかえにこないのか？」

「いまだ会えぬ……」

女の子は悲しそうにつぶやいた。

わたしはこう伝えることにした。

「申しわけないが、わたしはあなたたちを天に導く術を知りません。

でも一日も早く両親と会えるよう、心から祈ることはできる。非力な自分に腹が立つが、どうかそれで許してほしい」

子どもたちは力なく肩を落とした。

ヒクヒクとすすりなきを始める子もいた。

するとあの女の子が、明るい顔をわたしにむけて、こういった。

「しかとおたのみ申しそうろう……」

そして頭を下げると、再びひとり、またひとりと小さな光の玉となり、部屋の中をしばらく

ただよったあと、天井(てんじょう)へとぬけていった。

最後まで名残(なごり)おしそうにゆらいでいた、少し大きく見える純白(じゅんぱく)の光があった。

たぶんそれはあのいちばん大きな女の子。わたしにはそう思えてならない。

機械音

（ああ、またか……）

ある晩、床に就いて少しすると、いつものあの感覚がきた。

金しばり……。

耳鳴りがしだして少しすると、足の先からじんじんとしびれが上がってきて、わき腹をくすぐられるような、いつもの感覚。

（代わりばえしねえなぁ……）

そう思った次の瞬間。

わたしは自分を見下ろして立っていた。

明かりを点けずにいたはずなのだが、なんだか部屋全体がほんのりと明るい。

眉間にしわをよせ、苦しそうにしている自分を見て、〝おお、金しばりっていうのは、見てわかるものなんだな〟と、なんだか変に冷静な分析をしていた。

少しの間、苦しそうな〝自分〟を見ていたが、わたしはふとあることを思い立った。

（もしかして、このままこの場を立ち去ったりすると、おれは死ぬんだろうか。

昔、漫画家のつのだじろうさんがいっていた通り、でかいカマを持った死神が現れて、魂の緒を切りにくるんだろうか……？）

そんなことを考えながら、自分のへそと頭のあたりをいじってみるが、明らかに〝魂の緒〟と思われるようなものはなかった。

（ちょっと下の階へ下りてみようかな……）

〝魂の緒〟が見つからず変に安心したわたしは、寝室をぬけ出した。実際には、意識を階段へむけたという感じだろうか。

すると……階段になにかがいる。

それもひとりやふたりではない。
なんだか意味不明なものが、おかしな息づかいで階段を上ってくるのだ。

ぜあああああああああああああああああ……
ぜあああああああああああああああああ……
ぜあああああああああああああああああ……

身の丈50センチほどのそれらは、みんな灰色のローブをまとい、頭にはすっぽりとフードをかぶっている。
なによりも意味不明だったのは、手に手に青銅製と思われるひしゃくを持っていることだった。
先頭にいるそれが、ふと〝なにか〟に気づき、歩みを止めた。
〝なにか〟が、わたし自身であることはすぐにわかった。
次の瞬間。

ぎりぎりぎりぎりぎりぎりぎりぎりぎりぎりぎりぎりぎりぎりぎりぎりぎりっ！

突然、目のまえにいるそれの口から、耳をつんざくような金属音が鳴りひびいた。

「うわわっ！」

思わずわたしは両手で耳をふさいだ。

そして、そのままものすごい力でうしろへ引きよせられた……。

気がつくと、わたしはふとんの中にいた。

「ああ、おどろいたぁ……」

なんとなくひとりごちて、いつの間にやら、そのままねむりに就いたらしい。

「お父さんっ！　あたしそろそろ出かけるからねっ！」

翌朝わたしは、下の娘にたたき起こされた。

「えっやばっ！　寝過ごしたっ！　朝ご飯は!?」
「コーンフレーク食べたからもういい」
「そうですか……あのぅ、お姉ちゃんは？」
わたしは娘に申し訳なく思いながらたずねる。
「今日はバレーボールの朝練があるからって、とっくに出かけました」
「申し訳ありません……」
当家では最近、父の威厳とかいうものが見当たらない。
娘を見送るためいっしょに玄関へむかう。
「出かけるなら、かぎはいつもの場所にお願いね」
「はい、心得ております」
「それじゃあ、行ってきま……あっ！」
「今度はなんでございましょう？」
〝なんでも聞きますよ〟という態度で、娘の言葉を待つ。
「あのねえ、お父さん！　ご近所迷惑だから、夜中に変な機械動かすのやめてください！」

「なんですか？」
「昨夜のことですっ！」
「機械なぞ動かしてはござらんが……」

「ぎりぎりぎりぎりって！」

バンッと玄関のドアをしめて、娘は出かけていった。
あまりにおそろしくて、それ以降その話題にはふれていない。

あぶらすまし

「妖怪が出た！」

つい先日のことだが、秋田県に住む友人の片平からこんな電話がきた。

なんだか翻訳ソフトでも必要なのではないかというほど、あわてたようすだったので、落ち着いて話せとうながす。

話の概要はこうであった。

正月をこしたあたりから、毎朝、玄関先に一筋のワラが落ちている。

通常今の季節では、牛の飼料は専用倉庫に保管しているため、こんな場所に落ちていることはない。

ワラはほぼ毎日落ちており、家族ともども、ただただ首をひねるばかりであった。

二月に入ったある日のこと。

川むかいに住む遠縁のおじが、たまたま茶を飲みに寄った際、出しぬけにこんなことをいいだした。

「このあいだ朝、こっぱやく起きて、家のまえの雪かきをしてた。

なに気なくおまえの家の方を見ると、なんだかおかしなものがうごめいていてな。

最初は目の錯覚かと思ったが、どうやらそいつは確かにいる。

かかあにも確認させようと呼んで、指をさしてやるとやっぱり『いる』という。

身の丈三尺（約90センチ）ほどで頭に髪はなくて、まるで大きな栗のようだった。

全身を大きくふくらんだみのでくるみ、手にきらきらかがやくつえのようなものを持っとった。そいつがくるくると回りながら、なにかいってるんだが、間に川があるせいで聞きとることはできんかった……」

〝ワラが落ちている〟話は、片平の家族以外だれも知らないことだった。

ワラの話を聞いたおじは、すぐにその晩、家族を集め、みんなに話して聞かせたが、これと

いって思い当たるようなことはなにもでなかったという。

〝妖怪あぶらすまし〟

その話を聞いて、とっさにわたしの脳裏に浮かんだのがこれだ。

そのとき、電話のむこうで片平がさけんだ。

「なっ、なっ、ながむらっ！　あだっでらんだ!!」

なんと宝くじの一等に当選したという。

妖怪あぶらすましの力なのだろうか。

トイレを囲む者

いまから十数年まえの夏のことだ。

友人の新井に連れられ、埼玉県にある山に登った。

登ったといっても、ザックを背負っての登山ではない。

単に「夜景がきれいだから」という理由で新井にさそわれ、車でくねくねと上がって行った。

新井が自慢の車で家にむかえにきたのは、夜十時を少しまわったころだった。

ふたりで県西部へむけて出発。途中のコンビニで缶コーヒーを買い、ほどなくしてきわめて細いつづら折りの山道を登り出した。

ぐいぐいと、まるでブルドーザーのように急坂を上がり、あるあたりまでくると、車は急に

速度を落として右方向へと頭をふって停まった。
暗くてよくわからないが、おそらく車のすぐ先は奈落の底だと思われた。
ヘッドライトは虚空を照らし、ときおり飛び交う小虫をとらえている。
「いいか、見てろよ」
新井はひと言そういうと、エンジンとヘッドライトを同時に切った。
目のまえには、まばゆくいろどられた街の明かりが広がっていた。
「どうだ？」
「すげえな……」
わたしはつぶやくようにいった。
「おれと肩組みたくなるだろ？」
「なるかっ！」
決して極彩色にいろどられた〝なん万ドルの夜景〟のような派手なものではない。
でも故郷をはなれて久しいわたしにとって、その夜景は久しぶりに目にする光景だったことは確かだ。

先ほど買ったコーヒーを手に、ふたりで車の外に出てみる。
街とちがい、ここの空気は実に清浄で、冷え冷えとさえわたっている。
（こんなところまできて、またこの光景にめぐり合えるなんてなぁ……）
などと、センチメンタルな気持ちにひたりかけたときだった。
「う……」
わたしの腹をいやな感覚がおそう。
「どうした？」
「ちょっと、腹いてえ……トイレ」
「またかよっ！」
わたしはおなかが弱い。
冷たい夜風に冷えたコーヒーという相乗効果で、わたしの腹が悲鳴を上げ始めた。
どこかにトイレらしきものがないかと周囲を見わたすと、それまで気付かなかったが、すぐうしろに山寺らしきものがある。

手まえに設置された駐車場のそばに、古めかしい木造のトイレがあるのが目に留まった。
ポケットティッシュをにぎりしめ、わたしは小走りに向かった。建物に近づくにつれ、その全容が明らかになった。
ところどころしっくいがはがれ落ちた土かべ……うすぼんやりと灯る裸電球……。トイレというよりは便所、かわやといった方がいいおもむきである。
しかし、いまはそれどころではない。
若干まえかがみになりつつ、木戸を開けていちばんおくの個室へと飛びこんだ。
（ふう……まるで命がつながったように思うね……）
ふと見上げると、上部に備え付けられた窓から、上弦の月が顔をのぞかせている。
用を足し、腹の具合もおさまってきたところで、そろそろ出ようかと立ち上がりかけたときだった。

んん～んんん～……
んおぉぉぉぉ……

薄い木戸のすぐむこうで、複数の男のうなり声が聞こえた。
しかも声が動いている。
そのトイレは、左右どちらからでも入れるように、建物の両側に入り口があった。
どうやら声を発している連中は一列に並んで、建物の中に入り、個室のまえの通路を通って、ぐるぐると歩き回っているようだった。
いまこのタイミングで個室のとびらを開ければ、連中とはち合わせしてしまう。
和式便器が設置された段に上って窓から外をのぞくと、新井の車が遠くに見えた。
一瞬声を出して新井に助けを求めようかとも思ったが、そんなことをすれば自分の存在を連中に教えるようなものだ。
どうしたものかと、しばらくせまい個室にとじこもり、頭をひねった。
とびらの外では、相変わらず、なん人もの〝うなる男〟が徘徊している。
ふとこんな考えが頭をよぎった。

（待てよ……場所が場所だけに、この山では毎晩こうしてなんらかの〝修行〟を積んでいる人がいるのかもしれない。だとすれば、決してあやしいことなどではなく……）

そう思うととつぜん、こんなところにとじこもっている自分が、異様におかしく思えた。

耳をすますと、男たちの歩くペースにはある程度の〝間〟があるようで、通り過ぎるうなり声のすきをつけば、彼らのじゃまにならずに出られると思われた。

二重にかかった木製のかんぬきに手をかけ、上からそーっと順に開け、そのときを待つことにした。

んおぉぉぉぉ……

まずひとりが行き過ぎていく。

軽い衣ずれの音と、わらじらしきはき物が地面をする音が遠ざかる。

んん〜〜〜〜……

次の男が近づき、いま目のまえを……通り過ぎた！
間髪を容れずとびらを開け、外に飛び出す！

「あっ……」
しかし、そこには猫の子一匹見当たらなかった。

バボボーン！
急に気味が悪くなったわたしが建物から出ると、遠くに停まっていた新井の車からエンジン音がひびきわたった。
しかもおかしな具合に、なんどもなんども空ぶかしをしている。
それに尋常でないものを感じたわたしは、一目散に新井の車にむかってかけ出した。
車まであと50メートルというあたりまできたとき、運転席の窓ごしに新井がなにかを大声でさけんでいることに気付き、わたしは戦慄した。

「早くこいっ！　もっと早く走れーっ!!」
バンバンとドアをたたきながら、激しくさけぶ新井の姿がおそろしかった。
そして聞こえた。
聞こえてしまった。

おおおおおおおおおおおお〜〜!!

わたしの背後からせまりくる、男たちの声！　声!!　声！！！
命からがらわたしは助手席側にまわりこみ、ドアを開けると同時に、たったいま走ってきた道をふり返ってがく然とした。
トイレの建物全体が青白く光り、そこからなん十なん百という火の玉がわき上がっている。
その中のいくつかが、長い尾を引きながらこちらにむかって飛んできていたのだ。
わたしが車に乗ったと同時に、新井は車を急発進させた。

山を下り、落ち着ける場所まできたところで、新井がようやく口を開いた。

「おまえがあの中へ入って少したったくらいから、なんだか周囲の空気ががらりと変わったように思えた。

外にひとりで立ってるのもいやなので、車内にもどってタバコに火をつけると、ライターに灯った炎がでかくて真っ青な火の玉に変わったんだ。それは開いた窓から、そのまま空へまい上がっていったんだが、出て行くとき、瞬間的におれの顔をかすめていった。

うそのようだが、その瞬間、まるで液体窒素がかかったかのように冷たかった……」

あたりまえではあるが、その後その山には一度も登っていない。

イランのヘビ

今から十数年まえ、わたしは小さいながらも土木建築会社を営んでいた。
イラン大使館からの斡旋があり、数人のイラン人をやとっていたことがある。
三人とも、実に人間味のある男気に満ちた人間で、言葉の壁にぶちあたりながらも、公私にわたって行動をともにすることも少なくなかった。

そのなかに、シア・ヴォシュという小柄な男がいた。
この男がまた変に気の利く男で、様々な食材を買いこんできては、うちで自国の料理なんかをふるまってくれた。

ある日のこと。

「ナカムラ、シンジル？　オバカ？」
「ばかぁ、信じたって、しかたねえじゃねえか」
「チガウヨ！　オバァカダヨ」
シアは〝お化け〟といいたかったようだが、なんど聞いても〝おばか〟と聞こえる。
「ヘビ……コワイヨ」
ヘビが嫌いという話なのかと思っていたら、どうやらそうではないらしい。
彼が必死に話す内容は、こういうものだった。

彼の親戚にあたる夫婦が、自分の畑で野良作業に精を出していた。
ふたりの間には生後間もない赤ん坊がおり、どこへ行くにも乳母車に乗せていっしょに連れて歩いていた。
その日も、いつも通り野良作業に出むいたふたりは、かんたんな造りの東屋に乳母車を置き、畑で働いていた。
母親は時折、子どものようすを見にいっていたが、昼が近くなって弁当の用意をしようと東

屋へもどり、乳母車のなかをのぞきこんで悲鳴を上げた。

なんと、ふだんは目にすることのない白いヘビが、赤ん坊の腹の上で、とぐろを巻いている。

その声におどろいて飛んできた父親が、白ヘビをわしづかみにして、はなれたやぶのなかへ投げすてた。

ところが……。

このあとも、なんどもなんども同じヘビは現れ、いつの間にか子どもの腹の上へと上ってしまう。

「この野郎！　ふざけやがって!!」

父親はひと声そうさけぶと、白ヘビを地面にたたきつけ、スコップでめった打ちにして殺してしまった。

「……ツギノヒカラデス」

「……」

「イエノカベ……ヤネ……、ゼーンブ　ヘビ！」

家の壁といわず屋根といわず、それどころか家の中にまで、ヘビの群れが……。

わずか一日で、家のすべてが大小のヘビたちによって占拠（せんきょ）されてしまったという。
まるでおとぎばなしのようだが、これは現地の新聞にものった有名な事件なのだという。

写真の女性

薫はかなりの〝旅行オタク〟で、いつも国内をうろついている。
長年にわたり、食べ物関連のフリーのライターをして生計を立てていた。
「あのね、伊豆にいい温泉場見つけたんだけどさ。どう？」
ある日、彼女からわたしに旅行のさそいがきた。
「どう？　って……いっしょに行かないかってこと？」
「まあそういうことだね」
薫は美人だが、少々ひねくれている。
「行かないっ！」
わたしは即座にことわった。
「なんでよっ!?」

「絶対、妙なことが起こるから」
「まだあの写真を気にしてるんだぁ……」
実は以前、彼女が旅行先で撮ったという、とんでもない心霊写真を見せられたことがあり、わたしは、それが原因と思われるおそろしい体験をしているのだ。
結局、伊豆へは薫ひとりで行ったらしかった。

「あんたのいった通りだった」
数日後、たずねてきた薫は開口いちばんそういった。
「うわっ、やっぱりっ！　こっ、今度はなんだ？」
「えへへ……やっぱり写真だね」
どこかうれしそうにいう薫は、やはり少し変わっている。
薫は胸ポケットから、一枚の写真を取り出した。
見るとインスタントカメラを使って〝自撮り〟したらしく、左側に本人のうでが写りこんでいる。

しかし今回の写真は以前のものとちがい、さすがのわたしにも一目瞭然な代物だった。
撮った場所は温泉宿の一室らしく、全体に薄暗く陰鬱な感じ。
被写体である薫のうしろに、開け放たれた窓が見えるのだが、その〝窓〟が問題だった。
なんと窓わくに外から両手をかけ、顔の上部半分だけをのぞかせた女が写っている。
しかもくっきりと……。
「うわあぁっ！」
思わずわたしはさけび、手にした写真をぶん投げてしまった。
それほどにおそろしく、おぞましい写真だった。
「すごいでしょ？　こ～れ～は～ねぇ……」
「こ～れ～は～ねぇ、じゃねえ！　な、なんでこんなもん、ポケットに入れて歩いてんだっ！」
薫には、とっとと帰ってもらった。

その晩。
いやなものを見たせいか、わたしはなかなか寝つかれず、まくらもとのマンガに手をのばす。

マンガも読み終えてしまうと、数十分ほど、まんじりともせず天井を見つめていた。
すると〝フィッ〟と耳鳴りがしたかと思うと、一気に金しばりにおちいった。
とっさにわたしは目をつぶったはずなのだが、なぜだかまぶたの裏に、見覚えのある画像が映りこんでくる。
それは……あの写真の画像そのものだった。
しかも、いまわたしが見ている〝それ〟は動いているのだ。

（うわあああああああぁぁぁぁっ！　いやだあああああっ！）

いくらもがいても、どうすることもできない。
頭の中で見ている〝うしろの女〟が、必死にわたしの部屋の中へ入ってこようとしているのだ。
（南無阿弥陀仏！　南無阿弥陀仏！）
思わずわたしは念仏を唱えた。

するとすぐ耳元で、なにかがささやいた。

ぞんだごどいっでぼぉ……　ぶだだっでぇぇぇぇぇ……

コノワロ

「おまえ　コノワロ　採るか」
おどろいてふりかえると、真っ黒に日焼けした老人がいる。
「びっくりした。……コ、コノワロ？」
「そだ　おまえ……てにある……それ」

山菜を採ろうと、いとこたちと朝から山歩きをし、食べられるかどうかもわからない一片（いっぺん）のキノコを拾ったところだった。
「それ　くえない」
老人は、なんだか目だけがやたらとぎらぎらかがやき、腰（こし）になにかの布を巻（ま）いてはいるが、見た目ははだかに近かった。

身の丈は1メートル50センチほどの日焼けした老人は、手に小枝を持ってじっと立っている。
「食えない……のか、これ。あぶねえ、あぶねえ」
そういってやぶのなかに投げ捨てると、なにやらにやりと笑いを浮かべて、老人はこういった。
「うまい　コノワロ　ほしいか？」
「コノワロ……もしかしてキノコのことか？」
（おいおい、あんまり構わない方がいいぞ）
いとこがそっとわたしに耳打ちしてくる。
「おまえ　もってる　こめ　おいてけ」
「こめ？」
「そだ　おまえ　ズタに　はいってる」
「えっ？　ああ、おにぎりのことか……」
わたしはバックパックをおろしたが、老人は一瞬、はっとしたような顔をすると、そのまま

山中へと姿を消してしまった。
「なんだったんだろうな……今の」
「ああいう手合いには、あまり興味を示さない方がいい。こんなところで身ぐるみはがされでもしたら、いったいどうするんだ？」
まさかそんなことはないだろう……といいかけたが、まんざらない話でもない気がして、わたしは言葉をのみこんだ。

それから我々は、山のなかを方々歩き回ったのだが、結局、目当ての山菜は、まったくといっていいほど見つけることができなかった。
日はずいぶんと西へとかたむいてきた。帰りの道のりを考えるとそろそろ限界が迫っていた。
「今日はもうしょうがねえな。暗くなるとやっかいだから、そろそろもどろうや」
「……」
「おい、聞いてる……」
目のまえで、こちらをむいて立っているいとこの視線に、わたしは肝を冷やした。

「うしろ……」
「なに……？」
そうわたしがいいかけたとき、やにわに背後から声がした。
「コノワロ！　コノワロ！」
おどろいてふりかえると、そこにはあの老人が立っている。
「うわっ……！　えっ？」
右側に半分土中に埋まった大石があった。老人が、その石の平らなところへ、どさどさとなにかを置いた。
そしてゆっくりとこちらに近づきながら、細くとがった指を、こちらへとのばしてくる。
「こ～め！　こ～め！」
「な、なに……」
「あ、ほら！　さっきいってた、にぎりめしっ！　あれ、わたせ！　早くっ！」
いとこにうながされ、わたしは、いまだバックパックに入ったままになっていた、おにぎりを取りだした。

「あぁぁ……はぁはぁはぁはぁ　はぁはぁはぁはぁはぁはぁ～」
顔中をくしゃくしゃにし、下がりかけた目尻をなおも下げ、老人は笑っている。
これほどのうれしさの表現を、わたしは見たことがないと思うほどだった。
さきほどの石の上に、ふと視線を移す。
「おおっ！　こりゃ、すげえぞ！」
なんとそこには、大ぶりな舞茸が山のように積み上げられている。
「じいさん！　これ全部もらっていいの……あれっ？」
ほんの一瞬だった。
ほんの一瞬、視線を移しただけだったはずなのに、そこにはもうだれの姿もなかった。

家に帰り、わたしはこの老人のことを、ひいおじいさんに話してみた。
「コノワロとは、木の童……つまりキノコのことじゃよ。おお、おお、山精様に出会ったなぁ。明日は供物持って、お社へ行かにゃならんなぁ」
その舞茸の味は、天にものぼるうまさだった。

山精
ところ〻安國縣ハ山君あり人の如くして
一足なり伐木人のもとる鹽をぬすむ石蟹
を殺すなり〻と
永嘉記ニ見えたり

河童

「あんたぁ、河童てぇのを信じなさるかね？」
出しぬけにそういわれて、わたしは少々面食らった。
見るとそこには、かわいらしいじいさんがたたずんでいる。
「人にゃあ、いわんつもりじゃったが……あんたなら差しつかえなさそうじゃ……」
聞くところによると、そのじいさんは生まれながらにして右足が不自由で、運動らしい運動もできずに少年期を過ごしたのだという。
そのころ、太平洋戦争は日本の敗戦で幕をとじた。
じいさんは、足のせいで出兵もかなわぬまま、友人知人の戦死を知った。
なにもできなかった自分がたまらず、日がな一日、海辺へ出ては大岩の上で過ごしていたという。

ある日のこと。

ふりそそぐ陽光に、つい心がゆるんだじいさんは、いつもの大岩の上で大の字になると、高いびきをかいてそのままねむってしまった。

ザンブリ……　ザザーッ……　ザンブリ……　ザザーッ……

よせる大波と、引き波の音。

生まれたときから聞きなれた〝子守唄〟が耳に心地よくひびく。

そのとき、かすかななにかがじいさんの耳に届いた。

……スケ……コ……スケ……

波の音にまぎれ、とぎれとぎれではあるが、確実にその声は自分を呼んでいた。

気付くと、それまで照っていたはずの太陽はすでにどこにもなく、周囲は真っ暗……夜になっていた。

「うわわっ、ね、寝過ごしたっ！　まきわりっ！　水くみっ！」
家からいいつかっていた用事を、なにひとつすませていないことが、真っ先に頭をよぎる。
急いでもどろうとするが、そばに置いたはずのちゃんちゃんこが見当たらない。
まわりを見回すがどこにもない。
もしや……と思い、岩から身を乗り出して見ると……あった。
月明かりに照らされ、おぼろ気ではあるが水面にそれと思われるものがただよっている。
「あー、母ちゃんにどやされる……」
重い足取りで家にもどるが、その日は夕飯も食べさせてもらえぬまま床に就いた。

（さっきの声は……おれを呼ぶ声は、ありゃ、いったいなんだったんだ……）
うでまくらをしながら、うすいふとんにくるまっていると、そんな思いが頭をもたげ始めた。
しかしそれもつかの間、先ほどまで岩の上で、あれだけ寝ていたにもかかわらず、じいさんは、すっとねむりのふちへと落ちかけた。
……とそのとき。

ジタ……パタパタパタ

ジタ……パタパタ……パタ

ジタジタッ……パタ……パタパタパタ

廊下をなにかが歩いてくる。

まるでいたずらをたくらむ子どものような歩調で、なにかが一歩ずつ、一歩ずつ、縁側を歩いてこちらに近付いてくるのだ。

歩くたびに板の上に水が落ちる音がする。それが気持ち悪くてしかたがない。

……スケ……コウ……スケ

「だっ、だれっ!?」
思わずじいさんは声をあげた。
『聞け……落ちたと思しき伝えが届くが……葬礼はせずにおくがよい』
しょうじごしの、すぐそのむこうにいるらしき〝それ〟は、まるでカエルのような声でじいさんに語りかけてきた。
「お、落ちた？　落ちたって……なんのことだ！」
『ソウスケのことよぉ……戦で南へ出むいておるのだろう……』
〝宗助〟というのは、召集されて南方戦線へおもむいていた、じいさんの実兄のことだった。
戦況がはげしくなると、兄からの手紙はとだえた。
終戦をむかえたあとも兄の生死は判明せず、家の者たちが心配していた矢先のことだった。
『よいか……明日より十日間、東の窓に向かって……欠かさず百合の花をかかげ、南の方角に向かって紋を記したちょうちんをたむけよ……』

「ゆ、百合？　そんなものここには咲いてないぞ！　それにちょうちんって……。第一おまえはいったいなにも……」

そういいながら、じいさんはしょうじに手をかけた。

シュルリと音がして戸が開いたとたん、なにかが庭先へ飛びおりるのが見えた。

『明けの日が射すまで……火を絶やしてはならぬ……よいな……しかと心得よ……』

〝それ〟はそういいながら、闇にひそんでいた供の者と思われる数匹を連れて、かき根を飛びこしていった。

あっけに取られるじいさんの耳に、遠ざかって行く声がとどいた。

『おまえのぼろは、へっついの横手に返したぞ……』

我に返ったじいさんが、ぞうりをつっかけて庭から台所へ回ってみると、かまどのわきにある手洗いおけの横になにかが置かれている。

拾い上げてみるとそれは、海に落としたはずの自分のちゃんちゃんこだった。

「翌朝は大変なさわぎになった。縁側の床板一面に、まるで水かきが付いたような足あとがた

くさん残っていてな。ふこうにもこすろうにも、それは消すことができんかった。
親類一同が集まり、これは龍神様のご神意にちがいないということになり、すぐに庭に大きなほこらを立てておまつりしたんじゃが……。
不思議なことに、それ以降も『それ』が訪ねてくるのは、わしんとこばかりでな……」
「その後、お兄さんはどうなったんです？」
わたしは思わず身を乗り出してきいていた。
「そのすぐあとのことじゃった……国から兄の殉死を知らせる書状が届いたのは……。
しかし親類一同、あの言葉を信じて葬式を出さずにおった。
それをとやかくいう者も多くおったが、『龍神さんのお告げがあったんじゃ！』というて、だれひとり悲しむ者なぞ、おらなんだわ。そういう時代じゃったんじゃなぁ……」
「それじゃあ、毎日、百合の花とちょうちんを？」
じいさんが続ける。
「それよぉ。そんな花など見た覚えもなかったんで難儀しているとな、貝採りのばあ様が『岩むこうの天神さんの横手に咲いとるのを見たことがある』というんじゃ。

急いで行ってみると、それはそれはつややかな大きな花が、山のように咲き乱れておってな」

天神様に手を合わせ、それから毎日その花をいただいては窓辺に置いたという。

「ちょうちんは、どうしたんです?」

「蔵をのぞくと祭り用のものがたんとあったんで、それを表門の両側につるしてな……。家のもんが代わる代わる火の番をしたんじゃが、みんな『おまえのせいで、こんなやっかいをおおせ付かった』いうて、散々じゃった」

それからひと月ほどがたったという。

「とつぜん、兄がもどったんじゃ。それはもう、村中ひっくり返るような大さわぎでの」

その後、もどったお兄さんが語ったことがまた、〝不思議〟を増長させた。

南方の小島にわたった宗助は、ある日、自分の隊が壊滅状態にあることを知る。

岩はだにほった〝本部〟に命からがら帰った宗助は、おくの神だなに上がっていた白木の箱

をザックに放りこみ、再びあなぐらから出た。
「万一生き延びた者があったとき、この箱を開けよ」
日ごろ、そう上官からいわれていたことを、宗助は忘れていなかった。
周囲を見わたし、巨木のかげに身をひそめる。あら方の安全を確認すると、おそるおそる木箱の封を切った。
箱の中には一枚の和紙がかけられており、紙には立派な文字で〝最期の一振〟とある。
その紙をどかして見ると、そこには拳銃と思われるものと、一発の銃弾が収まっていた。
「いいか貴様ら！　鬼畜に捕えられ恥辱をさらすより、死して桜花と咲きほこれ！」
今は亡き上官の言葉が頭をよぎる。

まんじりともせず、宗助はひとり、死に場所を探してジャングルをさまよっていた。
なん日も食料は得ておらず、わずかに集めた雨水と、自ら作った焼き塩のみが命をつないでいる。
大きな木に寄りかかってすわり、日本に残っている家族をしのんで泣いた。

流れる涙をふきながら（ああ、塩と水はあるから涙は出るのだな……）などと、どうでもいいことを思った。

腰にたずさえた拳銃に手をかけ、心の中で家族ひとりひとりの名前を呼んでみる。

幼かったころ、家のまえの海でトコブシを山ほど採った。それをたきこんだ飯のうまかったこと……。母の誕生日に山へ桑の実を採りに行ったこと……。親友の失恋を知り朝までともに泣いたこと……。

それらの思い出が、矢継ぎ早に頭にうかんでは消えていった。

寄せては引いていく、まるで波にも似た感情をすべておし殺し、やがて、宗助はただだまって草かげで鳴く虫たちの声を聞いていた。

「よしとしよう……」

もう涙は出ない。いつしか手のふるえも治まっていた。

スライドを引いて銃口をこめかみにおし当て、宗助がまさに引き金を引こうとしたときだった。

新月の闇にうもれた木々の間で、なにかが動くのがわかった。
……灯り。
しかもあれは……。
(ちょうちんではないのか!? まさか米兵がちょうちんを持っているはずはない! あれは! あれは味方の援軍にちがいない!)
宗助が灯りにおそるおそる近付くと、灯りはすうっとにげる。
また近付くとすいすいと遠ざかる。
それはまるで〝自分に続け〟といわんばかりで、いつしか宗助は灯りに連れられてジャングルの中をひたすら歩き回っていた。
それにも増して不思議だったのは、そこはかとなくただよう百合の香り。
それはまるで、眼前でゆれ動くちょうちんの灯りが発しているかのようだったという。
「ひょいと周りを見回すと、いつしかジャングルからぬけ出ていてな……。親切な現地の人たちに助けられ、そして日本の敗戦を知ったんだ」

しかもである。

宗助を先導したそのちょうちんには、自分の家の家紋である〝橘〟がかかれてあったというのだ。

たどり着いた村落の中を見回しても、どこにも日本人の姿はなく、ちょうちんのことを聞いてもだれひとりとして覚えはなかった。

「日本へ発つまえの晩だった。シュロの皮でできた寝床にいると、ふと横に立つ者がある。首を起こしてみると……」

なんとそこには河童が立っていたという。

「赤子のような声をしてキュウキュウと鳴き、真っ黒な目を細めて、にんまりと笑って消えていった……」

いまから十数年まえ、わたしがボランティアで訪れた、ある老人施設でじいさんから聞かされた話だ。

ふすま

わたしがまだ幼いころ、夏休みにはよく、北鎌倉に住む親戚の家に泊まりに行った。
そこは大きな旧家で、縁側にとても気持ちのいい日が射しこむ。わたしのお気に入りの家だった。
その家にはわたしと同じ年の女の子がいた。
まるで男の子のように血気盛んな子で、彼女といっしょなら、滞在中、わたしがひまを持てあますことはなかった。
そんなある日のこと。
「この近くにね、遊びに行くといつもお菓子をたっくさんくれる、やさしいおばちゃんがいるんだよ」

そう彼女が教えてくれたので、一も二もなく、そのお宅へいっしょに行くことになった。

着いてみると、庭に大きな栗の木がある、これもまたりっぱな旧家である。

「ここにね、そのおばちゃんひとりで住んでてね。遊びに行くと、いつも山ほどお菓子くれるんだぁ」

緑青のうく古ぼけた門をくぐり、きれいに整備された前庭を通って玄関へとたどり着く。

「おばちゃ～ん、きたよ～！」

ガラガラと大きな音を立てて引き戸を開けると、親戚の女の子は大きな声でよびかけた。

「よくきたねぇ。いつものおくの間にお入りぃ」

まるで、山びこでも返ってきそうな静けさをたたえたおくの間から、明るい年配女性の声が聞こえた。

わたしたちはその場でそそくさとくつをぬぎ、おくの間にむかって歩を進めた。

〝勝手知ったる他人の家〟というように、親戚の子は慣れたようすで角を曲がっていく。わたしは付いて行くのがやっとだった。

実はわたしは、小さいころから暗い場所が大の苦手。ところがその家は、まさに〝暗い場所の集大成〟だった。

真っ昼間だというのに、とにかく足元が見えないくらい、わたしに闇が付きまとう。

やっとの思いでおくの間にたどり着いたわたしは、〝おばちゃん〟の登場を待ちこがれた。

その部屋は三面をふすまに囲まれた、だだっ広い和室だった。

「ちょっとお菓子取りにきてー」

おくからの声に、わたしひとりをその部屋に残して、親戚の子は、家のさらにおくへと消えていった。

うす暗く無意味に広い部屋に置かれたわたしは、しばらくの間、ただ周囲を見回していた。

そしてふとあることに気付いた。

さっきまでぴったりととじていたはずの、ある一方のふすまが、ゆっくりと、しかし確実に開いてきている。

ズ……ズズッ……ズズゥッ

ものの10センチも開いたころだろうか。

そこから、すっ……と白い手が出てきたかと思うと、ふすまを一気に引き開けた。

浴衣を着た三十歳くらいの線の細い女性が、物ごしもやわらかく、まるで自らの存在を消しているかのように、音もなく入ってきた。

びっくりするわたしをしり目に、女性はわたしの横を通り過ぎ、さっきわたしたちが入ってきたふすまから廊下へと消えていった。

（あれっ……たしか、おばちゃん、ひとりで住んでるっていってたよな……）

そう思った矢先、おばちゃんと親戚の子が部屋に入ってきた。

「はいはい、お待たせね。よくきたねぇ」

山盛りのお菓子を手にして、満面の笑みをうかべた親戚の子の顔を見て、わたしの今までの不安は一気に消え去っていった。

「あらあらあら、おざぶとんも出さずにねぇ」
そういっておばちゃんは立ち上がると、さっき女性が入ってきたふすまの方へむかう。
するりと開いたそこは……。
おし入れだった。

あの日

「中村……なぁかぁむぅらぁ、てっ」
いきなりそう呼ばれて、たたきおこされた。
まくらもとに置いたデジタル時計を見ると、明け方の五時五十分。
「なんだかなぁ。中途半端な時間だなぁおい……」
再びすぐに寝付けそうだったのにまた……。
「おい、中村てっ!!」
聞きおぼえのある関西なまりだった。
(なんだよさっきから……いったいだれなんだぁ……)
心の中でそうとなえた瞬間、そのまま強烈な金しばりにおちいった。
「あっ！　な、なんだここ!?」

「おう、熱いやろ。こっちやこっち」
そういわれてふりかえると、そこには兵庫県に住んでいるはずの友人・楠本が立っている。
周囲は火の海で、パチパチ、カチカチという、なにかがはげしく燃えさかる音が聞こえた。
「えっ？　おまえ……あれ？」
「まぁまぁ、落ち着けて。あんな、えらい揺れやってんで！　なんや知らんが、わしも気いついたらこないなことになってて。
瞬間的に頭ん中でおまえのこと考えたらな、目のまえにおまえがいてるやんか……」
とたんにおそろしくなったわたしは、取る物も取りあえず、その場からにげだそうと右往左往した。
すると楠本が背後からこうさけんだ。
「中村!!　……さよならや！」
「えっ!?　なにがさよならだよ？　おまえだってこんなところにいちゃあぶな……」
「ええから……ええんや。もう行け！」
「なにがもう行けだよ！　早くしないとあぶな……うわああ！」

突然頭上から、燃えさかる天井がくずれおち……と、ここでわたしは目が覚めた。

真冬であったにもかかわらず全身汗びっしょりで、とてもじゃないが、そのまま寝ていられる状態ではなかった。

ふらつく足取りでベッドをぬけだし、水を飲もうと階下のキッチンへむかう。

冷たい水をコップに注ぎ、一気に飲みほすが、不思議なことになん杯飲んでも、満たされた感覚がない。

いくら飲んでも全身のほてりとのどのかわきが治まらず、立て続けにがぶりがぶりと、ものの四、五杯も飲んだだろうか。

ふと目のまえに置かれている鏡に目が留まった。

「な、なんだこれ!!　……なんで!?」

そこに映るわたしの顔は真っ赤に焼けただれ、鼻からは大量に出血している。

「ぐわあああああああああっ!!」

そうさけぶと同時に、鼻から血がふきだすのがわかった。

「うっ！　おえっ！　うぐうううううっ！」
その声におどろいて妻が飛んできた。
「どうしたの！　ねえ、なにがあったの!!」
「お、おれの、かっ、顔が!!」
「なに？　顔がどうしたのっ！」
「なんでこんなっ、ちょ、ちょっとティッシュ取ってくれ！」
「しっかりして！　顔なんてなんともなってないわよっ!!」
妻の声に我に返り、落ち着いて再び鏡をのぞいてみる。
そこにはふだん通りのむさくるしい顔があるだけだった。
「とにかく落ち着いて！　いま気付けにお酒を作ってあげるから」
妻にいわれ、ソファーに腰を下ろす。
なに気なくテレビのリモコンを手に取った。
〝プツン〟と音がして、画像より先に音声が聞こえてくる。
その声、嗚咽にも似たその声は、こうさけんでいた。

「神戸が！　今、神戸が燃えています！」

１９９５年（平成７年）１月17日午前５時46分52秒、淡路島北部を震源として発生したマグニチュード７・３の兵庫県南部地震は、淡路島ならびに阪神間の兵庫県を中心に大きな被害をもたらした。

特に楠本が住んでいた神戸市街地は、超絶的な自然の威力のまえになすすべもなく、壊滅状態におちいった。

もう二十年以上まえのあの日。

あのとき鏡に映った血まみれの顔……。

あれは最期を迎えた、楠本自身の姿だったのかもしれない。

たみさん

わたしが小学校二年生のころの話だ。

当時のわたしは、東京都渋谷区にあるS町というところに住んでいた。

今では随分と近代的な町なみになり、こじゃれた店が立ちならぶ町へと変身してしまった。しかしそのころのS町といえば、機織り工場があったり、お琴や三味線のお師匠さんなんかが多く住んでいたりして、独特な風情のある静かな町だった。

そのころ近所にあった古く小さな家に、五十歳くらいのおばちゃんがひとりで住んでいた。名を〝たみさん〟といった。

時折子どもたちが遊んでいるところへやってきては、蒸かした芋やジュースなんかをくれたりする、世話好きで気立てのいい、肝っ玉母さん的存在だった。

近所付き合いもきわめてよく、だれにでも人当たりのいい、やさしい人だったように記憶している。

そんなある日のこと。

「まあちゃん、まあちゃん……」

遊びから帰る途中、わたしがたみさんの家のまえを通ると、台所の窓に張られた格子ごしに呼びとめられた。

今までそんなことはなかっただけに、少しばかりおどろいて問いかけた。

「どうしたの、たみさん？　そんなところから」

するとたみさんは少しさびしそうに笑いながら、こう答えた。

「ごめんねぇ、まあちゃん。おばちゃんねぇ、外に出られないの」

「どうして？」

「ちょっと事情があってね……遠くに行かなくちゃならなくなってね」

「えっ？　たみさん、引っこしちゃうの？」

「うん。みんなとも会えなくなっちゃうねぇ。さびしいなぁ……」
それを聞いたわたしは、泣きながら一目散に家へと走った。
玄関をかけ上がるなり母にそのことを話すと、母は本当かどうか確かめるために、たみさんの家へと出むいて行った。
二十分ほどしてもどってきた母に、すぐにわたしは聞いてみた。
「なんだか釈然としないわね」
母は少し怒ったようにいった。
「たみさん、なんだって？」
「台所の窓ごしにひとこと、『突然だったのよ……』でおわり。そのあとは呼んでも出てこようとしないのよね。……なにがあったんだろうねぇ」
次の日。
気になったわたしは、学校へ行くまえにたみさんを訪ねてみた。
「たみさ～ん」
玄関の引き戸のまえで呼んでみるが、一向にたみさんが出てくる気配はない。

そしてわたしは気付いてしまった。

「なんだろ、このにおい？」

どこからか……ではない。

その家全体からとめどもなくわき上がる〝尋常ではない〟異臭に気付いたのだ。

とたんにいい知れぬ恐怖にかられたわたしは、家へ取って返した。

母に事情を話すと、再びわたしを連れてその家へむかった。

玄関の戸をたたきながら、母が必死にたみさんを呼ぶ。

「たみさん！　たみさん!!　……あれ？　開いてるじゃないの」

「ほんとだ……」

玄関の引き戸をカラカラと開ける。

その瞬間、まるでなにかの〝かたまり〟にでもぶつかったような衝撃がはしった。これはついさっきかいだ、あの強烈なにおいのかたまりだ。

「ウェッ!!」

それをかいだとたん、わたしは一気に朝食べたものを、その場にもどしてしまった。

「あなたはそこにいなさい！」
なにがなにやらわけもわからず、嗚咽するわたしは、その場にしゃがみこんでいるしかなかった。
ところが、わたしにこの場で待つようながし、たみさんの家へと上がっていった母は、ほんの数秒もたたぬ内に口をおさえて飛び出してきた。
「早くきなさいっ！」
母はわたしの腕をつかむと、裸足のまま自分の家へと一目散に走り出す。
「いたいっ！　お母さん、手がいたいよぉっ！」
そう告げるわたしには目もくれず、母はわたしの手首をつかんだまま家へむかって全速力で走った。家に着くなり、玄関近くに置かれている電話を引っつかみ、どこかの番号を回している。
「もしもしっ！　人がっ、人が死んでいますっ！」
「ええっ!?　人ってだれ？　ねぇお母さんっ！　だっ、だれが死んでるの!?」
電話を切った母は、糸が切れたあやつり人形のように床にくずれ落ち、そのまま大声で泣き

出した。そして母は涙をぬぐいながらわたしにこういった。

「あのね、いい？　あの家の中でたみさんが……死んでるの。かわいそうに、ひとりぼっちで……」

「うそだっ！　そんなのうそだっ！　たみさんには昨日会ったんだ！　そんなわけないじゃんっ！」

「うそじゃないの！　うそじゃ……うううう」

わたしはどうすることもできず、泣きじゃくる母を、ただじっと凝視していたように思う。

その夜おそく聞いた、父と母のひそひそ話をわたしは今でも忘れない。

「たみさん……死後一週間以上たっていたそうだ」

作業着の男

わたしが以前住んでいた埼玉県S市でのこと。

それまで住んでいた部屋が手ぜまになったわたしは、近所の不動産屋へおもむき、なんげんかの空き物件を見て回っていた。

その日、最後に見に行ったのは、一階にコンビニエンスストアが入った九階建てマンションだった。

駅に近いこともあり、わたしは、ほぼ即決でその部屋への入居を決めた。

引っこしも無事に終わり、毎日入れかわりで友人たちが〝お祝い〟にかけつける。

そんなある日のことだった。

その日は朝からじとじとと雨が降り続き、なんとも陰鬱な日だったように記憶している。

夕方から訪れた友人数人との話に花が咲き、気が付くととうに午前二時を過ぎてしまっている。

それぞれ翌日の仕事が早いこともあり、時計を見た連中はそそくさと帰り支度を始めた。

わたしもいっしょに一階まで下りていき、それぞれが乗った車のテールランプを見送った。

マンションのまえはゆるやかな下り坂になっており、みんなの車はその坂を少し下ったあたりにある有料駐車場に停めてあった。

小雨がそぼ降る中、わたしは肩をすぼめて部屋へもどろうと歩きだす。

そしてあることに気付き、同時に引っこしの日に、初めてそれに気付いたときのことを思い出していた。

それは、マンションの目のまえに立つ電柱の根元に置かれた、まだ新しい花束とお供え物であった。

目のまえの通りは駅からの一方通行になっており、交互通行可能な道路に比べると、通行量はかなり少なかった。しかも道幅もせまいため、そこを通る車も決して飛ばさない。

（なのに、なぜこんなところに花束が……）

そんな疑問を感じながら、その電柱の横を通過しようとしたときだった。
（いまなにかが動いたように感じたのだが……気のせいだろうか……？）
そう思って立ち止まり、じっと電柱を凝視してみるが、別段変わったようすは見受けられない。
（気のせいか……）
そう思って行き過ぎようとしたときだった。
電柱のむこう側に、すいっと人影と思われるものがかくれたのだ。
（気のせい……？　いや、確かにいま、なに者かがむこう側にかくれたはずだ！）
わたしは、意を決して電柱に近づき、その問題の〝むこう側〟をのぞきこむが、なんとそこには10センチほどのすきましかなく、とてもではないが、人がかくれられるような場所ではない。
わたしは、なんともいたたまれない気分になり、早足でエレベーターのあるエントランスを目指した。
そのマンションの入り口は、エントランスと呼ぶには気がひけるような、わずか二坪、6・

6平方メートルほどのスペースに、各部屋の郵便ポストが設置されているだけのものだった。

幸いエレベーターは先ほど降りてきたまま、一階に留まっている。

わたしは、すぐにボタンをおしてエレベーターに乗りこんだ。

自分が住んでいる階のボタンをおそうと、体のむきを変えたそのときだった。

閉まりゆくドアに付いた縦長の窓から、たったいま自分が通過したばかりのエントランスが見える。そのむこう側にあるガラスドア……。

そこにべったりと張り付くように、グレーの作業着を着た男が立って、こちらをのぞきこんでいるのだ。

「うわあっ!!」

そういってわたしはあとずさったが、すでにエレベーターは動き出し、どんどん階数をかけ上がっていった。

自分の住む階に到着し、エレベーターのドアが開く瞬間！

なんといっても、このときこそ、いちばん恐怖を感じた。

しかし残念ながらというか、幸いにというか、ここではなにごともなく、無事に自分の部屋

までたどり着くことができた。

それから数か月がたったある日のこと。

そのマンションのオーナーの息子であるKが遊びにやってきた。

「中村さん、なにか怖い話してくださいよ！」

いろいろな話をするうちに、彼がこんなことを言い出した。

「えっ？　怖い話？」

「ええ、ぼく、わりとその手の話、好きなんですよね」

そういわれたら、わたしの性格上、語らないわけにはいかない。

今まで経験したいろんな体験をはじめ、友人から聞いたものなどを、やつぎ早に語って聞かせた。Kの顔色を見るかぎりまだまだいけそうだ。

そこでわたしはこう切り出してみた。

「あのさK君、遠い場所で起こったことより、すぐ身近で起こったことって、よりいっそう怖いものだよね？」

「ええっ！　この近くにもなにかあるんですか!?」

Kが目を丸くしていう。

「ないことはないけど、どうかなぁ……。これは話していいものだろうか……」

わたしは、もったいぶらせれば天下一品である。

「な、なんですか!?　気になるじゃないですか！　教えてくださいよぉ！」

そこでわたしは、例のエレベーターでの体験を聞かせることにした。この時点では、ほんの軽い気持ちだった。

わたしは実体験を語るときには、決しておかしな脚色はしない。これは一種の信念としていまでも貫き通している。このときもわたしが見たありのままをKに語って聞かせていた。

ところが、それまでどんな話をしても、そこそこ余裕を持って聞いているように見えたKの顔が、見る見る青ざめていく。

それどころか、半開きになったくちびるがぶるぶるとふるえだし、見開かれた目には、うっすらと涙さえうかべている。

そしてそれまでだまっていたKが、ようやく口を開いた。
「中村さん、それシャレになんないっすよ！　いっちゃ悪いですけど、中村さんって、なんだかいやな人ですね！」
「いや、ちょっ、ちょっと待ってくれよ！　なんだその〝いやな人〟ってのは……」
さきほどまでのフレンドリーなKの雰囲気がまったくなくなっている。
「だってそうじゃないですか！　人の死をそんな形で創作するなんて！」
「おいおい、冗談じゃないぞ！　おれはそんなくさってない。創作なんてしてないよ」
わたしの言葉にKがはっとする。
「えっ、だって……」
「だいたい、なんだその〝人の死〟っていうのは？　そんな話、だれもしてないだろ？」
「ちょっと待ってくださいよ！　もしかして、本当になんにも知らないんですか!?」
わたしにはKがなんの話をしているのか、さっぱりわからなかった。
「もし、もしですよ。もし、いま中村さんが話してくれた内容が実話だとすると、シャレや冗談ではすまないですよ」

「……どういう意味だい？」

「ぼくはもうだれかから聞いて、てっきり知ってるものだと思ってました。まえの電柱のこと……」

〝電柱〟という言葉が出てきて、わたしはいやな予感がした。

「電柱って、このマンションのまえに立ってる、あの電柱のことか？　花束が供えられてる……」

「そうです。あの電柱でなにがあったか……本当に中村さん知らないんですね……」

そういってKはあの電柱のことを話し始めた。

人から聞いた話の場合、その人が話した内容をかいつまんで書くのだが、この話はわたしが覚えているかぎり、Kの言葉を使って表現してみることにする。

「中村さんが引っこしてくる、ほんの少しまえのことです。あの事件があったのは。

そのとき、ぼくは、たまたま一階にあるコンビニで買い物をしてたんです。するとそこに市が委託している不燃物回収用のトラックがきたんですよ」

「ああ、あのよく街角で見る、荷台の周りを高い鉄板なんかで囲ってある……？」
「そうです。本来はいけないのかもしれませんが、このへんでは、あの荷台に作業員がひとり乗っていて、ゴミステーションから出るものを、すぐに積みこめる態勢にしてるんです。その日もいつもと変わらない作業が行われるはずでした。
ぼくはそのとき、店のおばちゃんとたわいない世間話をしおえて、店を出るところでした。ガーッとドアが開いて一歩外にふみ出した瞬間……見ちゃったんですよ」
「な、なにを見たんだ？」
わたしは息をのんだ。
「中村さん、電柱には足をかけるための、太いボルト状のステップが付いてるの……わかりますか？」
「あ、ああ、もちろん知ってるが……」
「そこにね、そこにこめかみを貫通させてぶら下がってたんです。『うえぇぇぇぇぇぇ』っていいながら……」
トラックが行き過ぎちゃったんで、バックでもどってきたらしいんですが、荷台に乗ってた

彼が〝オーライ！　オーライ！〟と後方確認をしていたらしいんです。

ところが、自分自身の頭に近づいてきているボルトは見えなかったんでしょうね……。

荷台の鉄板とボルトとの間に挟まれ……。

最後にKはこうしめくくった。

「そのときの彼の作業着……グレーでしたよ」

風呂にいるもの

先日、友人の迫田からこんなメールがきた。

「北関東のI温泉で気味悪い体験をした」

なにごとかと思って本人に電話しようとするそばから、逆に迫田からかかってきて、えらくおどろいた。

迫田は大手旅行代理店に勤め、旅に関するさまざまなことを管理、監督するスーパーバイザーだ。仕事でいろんなところを訪れるし、また現地で得たたくさんのいい情報も、悪い情報も持っている。

I町のある旅館の温泉がすばらしいと聞いた迫田は、さっそく現地へおもむいた。
旅館に〝取材感〟をさとられないように、迫田は仕事で行くときも、つねに一般客をよそおって利用する。
その旅館にも一週間まえに自分で電話して予約を入れた。
当日は、伝えている時間よりも二時間ほど早めに宿に着くようにする。
玄関先で出むかえてくれた仲居は、実につつましやかに応対し、快く部屋へ通してくれた。
そうした想定外な場面での対応力も、迫田の評価基準に含まれているらしい。

しばらくすると、その宿の女将が迫田の部屋にあいさつにやってきた。
くったくのない笑みに、ていねいな言葉づかいと身のこなし……。彼の中の評価は、この時点でまったくなんの問題もなかった。
部屋に置かれた茶菓子やお茶、そうじの具合、窓から望む景観などを、専用のフォーマット用紙に細かくチェックしていく。
このチェックする姿を、旅館の人に見られないようにしなければならないのが、なかなか大

変らしい。
部屋のチェックが終わったあとは、旅館の中をひと通り見て歩く。
非常口の位置、スプリンクラーや非常ベルなどの設置状況を確認する。

夕食の時間となり、出された定番の夕食を平らげると、次に待っているのが温泉宿の最重要項目、風呂の視察だった。
〝混んでいる時間〟〝ある程度人が引いた時間〟〝深夜、人がいない時間〟の、三つの時間帯を確認する。
「素晴らしい浴場だった。温泉の質もいいし、中もすべて几帳面に整備されていて申し分なかった」
と迫田はいった。
「だが……」
出た。
迫田の〝だが〟はおなじみだった。

「おれには、特別な霊感みたいなものは備わっていないんだが、なんていうのかな……その旅館に着いた直後からずうっと感じる、一種の『視線』とでもいおうか……」

わたしにいわせれば、それは限りなく〝霊〟を感じているのだが……。迫田が続ける。

「それが、深夜に風呂へ行くと顕著になってな。だれもいないことを確認したし、そのあともだれかが入ってきたようなようすはなかったんだが……」

迫田が湯船につかっていると、いきなり、湯面が波立ってきたという。

「それもふつうじゃないんだ。じっとすわっていられないほどの勢いで、一瞬、でかい地震がきたのかと思ったよ。

あわててその場で立ち上がると、今度はすぐ背後に、人の気配を感じた」

びっくりした迫田は即座にふり返ってみるが、そこに人影を確認することはできなかった。

「それでも仕事はしないといけないからな。湯水の出具合なんかを確認しようと、湯船から出て、いすをたぐりよせてすわったんだ。

そうしたら今度は、洗い場のいちばんおくに積み上げてあった木のおけが、すべてすごい勢いでくずれたんだ」

「……びっくりしたろ？」
わたしは思わず聞いた。もし自分が同じ場面に出くわしたら、おそらく飛び上がっておどろいただろう。
「あったりまえだろ！　心臓が止まるかと思ったぞ」
「それで……それだけか？」
「それなら、いちいちおまえに話したりしないだろう」
迫田はくずれ落ち、カラコロと転がるおけをしばらくぼうぜんとながめていたが、急にどこからともなく、冷たい風がふきつけ、いても立ってもいられなくなった。
いったん手にしたタオルをおけの中に投げ捨てると、急いで湯船に飛びこんだという。
「確かに暖かい日ではなかったが、いくらなんでも、あれはひどかった。外をそよぐ風なんていう、生やさしいものじゃない。冷風だよ冷風！」
ざぶりと湯に飛びこみはしたものの、ついさきほど感じた異様な気配が消えたわけではなかった。
（……さっきの波やくずれたおけ、それにいまの冷たい風も、いったいなんなんだ？）

そう思いながら周囲を見わたすと、迫田は岩で囲われた湯船のいちばんおくのあたりに、おかしな光景を発見する。

「わかりやすくいうと、湯気がそこだけ『濃い』んだ。いってる意味わかるか？」

わたしには十分過ぎるほど理解できた。

「その『濃い湯気』の中に、なにかゆらゆらとうごめくものがあるんだ。おれは身じろぎもせずに、それをじっと凝視した。

するとな……そいつがゆらゆらとゆらぎながら、すいすいっとこっちへ近付いてくるんだ。ごくりと生唾を飲んで固まっていると、それは急に速度を上げて、すいーっとおれのすぐ近くまでよってきて、こういったんだ。

いい～お湯が出るねぇ～

立ちのぼる湯気と混じり合うように現れたのは、真っ白い髪をざんばらにふり乱した婆さんだった。

『うわっ！』とおれがさけぶと同時に、その姿はかき消えた……」

その旅館が、宿泊先リストにのることはなかったという。

タクシー

めずらしく長い距離をタクシーで移動した。

道中ひまを持てあましだしたので、わたしは運転手に声をかけてみた。

六十歳手前くらいの運転手は、帽子を目深にかぶり白い手袋をつけた、きわめてまじめそうな男だった。

「運転手さんは、この仕事長いんですか？」

「えっ、ええ、まあ。この辺にくるのは数年ぶりなんですがね」

その短い会話のなかに聞き覚えのある、ひとつのイントネーションが感じとれた。

「もしかして運転手さん、北海道の人じゃない？」

「え!?　わ、わかりますか？」

「北海道のどこです？」

「わたしゃあ、岩見沢でしてね」
「ええっ！　ぼくも岩見沢ですよ！」
そこからはもう故郷トークに花が咲き、見ず知らずの者同士が、まるで旧知の友人にでも再会したかのようなもりあがりようになった。
あの界隈にあったお店がどうだ、駅周辺の変わりようがああだと、ものの三十分ほど地元の話は続いた。
ちょっとした会話の途切れ目に、ほんの軽いノリで、わたしはこんなことを切り出してみた。
「やっぱりあれですか。こういう仕事を長くやられてると、怖い目にもあいますか？」
「なんの話です？」
「こういう仕事にはやっぱり怖いことがつきもの……」
「ありますよ」
故郷の話のときとは別人のように、運転手はぶっきらぼうに言い放った。
「幽霊……とかそういうことね」
正直にいうと、わたしはそんな話をふるつもりはなかったのだが、つい口をついて出てし

まったのだ。とはいうものの、どこかに期待を持っていたことは事実だった。

「ある晩おそく、すすきののはずれにあるホテルのまえから、大きな旅行用カバンを抱えた中年の女性をひとり乗せたんですが……」

彼が話す内容は、おおよそこんなところだった。

東京へ出てくるまで、彼は札幌でタクシー運転手をしていた。すすきのというのは札幌のいちばんの繁華街である。

うしろのトランクスペースにカバンを入れ、車内に乗りこんできたその女性は、最終便に間に合うよう新千歳空港へむかってほしい……と指示したという。

車内の時計を見るとまだ若干の余裕があり、決して急いで行かなければならないこともない。

ところがごくふつうの速度で運転していると、後部座席から「急いで！　急いでください！」と女性に急かされた。

「時間的にまだ最終便には間に合います」

そう伝えても、女性は急げ急げの一点張り。

「いくら急かされようが、スピード違反をしてまで応えることはできませんよ」
と答えると、それ以降、女性はふっつりとおとなしくなった。

「おとなしくなったには、なったんですがね……その、なんてえかなぁ。念仏をね……」
「ね、念仏!?」
意外な言葉がでてきて、わたしは思わず大きな声をあげてしまった。
せわしく急き立てるのが一段落したと思ったら、その女性はぶつぶつと念仏を唱えだしたというのだ。
「もう気味が悪くってね。なるべくルームミラーを、見ないように見ないようにと心がけていたんですが、30キロもある道程ですからね。まったく見ないっちゅうわけにもいきませんや。たまたま視線をね、視線をこう、うしろへやったんですよ……」
そういいながら運転手は、そのときのようすをミラーごしにやってみせ、わたしと目が合った。
なんとその女性、ぶつぶつと念仏を唱えながら、じーっと運転手を凝視していたというのだ。

「鏡ごしに目が合ったとたん、ぶるぶるっと身ぶるいがしましたよ」
車室内というのは、いわばひとつの閉鎖された空間である。そこで突然念仏を唱えられては、正直いってたまらない。
国道をひた走り、運転手は車を空港正面に着け、停車させた。
トランクを開け、中から女性の荷物を取り出し、代金を受け取った。
運転席へもどり、明かりを灯して運行日誌をつける。
つい今し方受け取った代金を、専用のカバンに入れようと札をそろえた。
「うおっ！　なんだこりゃ」
すべての札の表面に、赤黒いシミがびっしりとこびり付いている。
ふれると乾いているようではあったが、妙にてらてらとして、実にいやな風合いを持ったシミであったという。
（やれやれ、とんだ客だったな。さて、さっさと地元へ帰ってもうひとかせぎして……）
そんなことを思いながら、ひょいとミラーをのぞきこんでおどろいた。
いつの間に乗りこんだものか、後部座席にひとりの老女が座っている。

「E市のぉ……中央病院までぇお願いしまぁす」
通常、タクシーというのは営業範囲が決められており、E市では範囲をこえて走ることになる。
「お、おばあちゃん、申し訳ないけど、わたしら札幌の車だから。ここからは乗せてあげられないの。悪いけど他の車に乗ってちょうだいね」
運転手がそういうと、少しの沈黙のあと、老女は渋々車から降りていった。
胸ポケットからタバコを取り出し、それに火をつけながら、この一連のことを思いだしてみる。
「なんにしても日が悪いや。早いとこ街へもどんなきゃ……」
人通りのまばらになった国道をひた走る。
ふと、前方にある信号が赤になるのが見え、運転手はゆるやかにブレーキをふんで減速した。
周囲に歩行者の姿はなく、まえにもうしろにも車はない。
しかしその信号はあきらかに手おし信号だった。
(だれもいないのになんで赤に変わっ……)

そう思った瞬間だった。

「あぁりぃがとぉぉございぃぃましたぁぁぁぁ」

突然、うしろからの声。

おどろいた運転手は飛び上がって、背後を見た。

そこには先ほど空港でいったんは断ったはずの、あの老女が乗っていたのだ。

「いやあ、ビックリしたのなんの！　思わずさけび声をあげたら、ぱっと消えちゃいましたよ」

「ぱっと……ですか？」

「そう、本当に瞬間的にぱっと！　冗談じゃないっちゅうのさ、ほんとにねぇ」

運転手がなおもわたしに続けていった。

「その信号ってのが、ほれ、その婆さんが元々行きたかった病院の真んまえなのさ」

先に乗せた念仏を唱える中年女性。

病院まえで消えた老女。
その因果関係は、いまもって知るよしもない。

はじめての金しばり

いまから三十年近くもまえのことだが、わたしのまわりでは、ある一軒の廃屋にまつわる、実におそろしいうわさがまことしやかに流れていた。

ある日のこと。

「おれさぁ、そういうところに行ったことないんだよな。今度案内してくれよ」

遊びにきていた友人の柴山が、そんなことをいい出した。

「なんならこれから行ってみるか！」

若い者が集まれば、自然と流れはそうなっていく。

車二台に分乗し、郊外に立つ廃屋を目指して出発した。

いっしょについてきた女性陣は、〝幽霊屋敷〟にふみ入ることをかたくなにこばみ、結局、

わたしと柴山のふたりで入ることになった。
その家になんどか行ったことがあったわたしは、まるでガイドのように柴山を案内して家中を歩き回った。
「まだ夕方だけどさ、なんかこう、いい知れぬいやな感じがあるな……」
霊感ゼロだと豪語する柴山でも、それ特有の〝気〟は感じるらしい。

その場はなにごともなく廃屋探訪をすませ、そのあとみんなで食事をして解散した。
わたしは、その足で彼女の家に立ちよった。
「なんだかすごくいや……すごくいやな感じがする……」
家に入ってもひざをかかえ、彼女は一点を見つめたまま。
「あたしには霊感なんかないと思う。でも、なんかいや、すごくいや！」
彼女が心配になり、わたしはそのまま泊まることにした。
終始「なにかがいやだ」といっていた彼女だが、となりですうすうと寝息を立てている。
（もしかして、あの家の気を食らっちまったかなぁ……）

ふとわたしがそんなことを思ったときだった。

「うっうっうっ……ギャーッ！」

突然、彼女がさけび声をあげた。

「びっくりしたぁ！　どっ、どーしたっ!?」

「ちょっと待って……お願い……明かり点けて！」

まくら元をまさぐり、読書灯のスイッチをひねる。

「あたしね、あたし……生まれてこのかた、一度も『あれ』の経験がなかったの」

「『あれ』って……なんだよ？」

「……金しばり」

「金しばり？」

「ぜんぜん動けなくて、声も出ないんでしょ？」

まちがいない。それはまさしく金しばりだ。

しかし、そこから彼女が語り出した話は、〝ただの〟金しばりではない……そう感じずにはいられなかった。

「目をとじると、あの家が見えてくるの。あたしは近付きたくなんかないのに、どんどん玄関が間近にせまってきて……」

「あはは、それはあくまでも夢だよ。人はいやなことがあると、それを夢で再現することが……」

なんとか彼女を安心させようとしたが、わたしの言葉など聞こえていないかのように、彼女は話を続けた。

「玄関上がると左に階段、その手前には木のドアがあって、それを入ると左がトイレ、おくがお風呂場」

（！）

わたしは全身に鳥肌がたった。彼女は一歩たりとも廃屋には入っていないのだ。なおも続ける。

「玄関右手には、やはり同じようなドアがあって、そのむこうは茶の間になってる。その突き

当たりにふすまがあって……」
「……もういい」
「階段を上がると、部屋が三つならんでて……」
「もういいっていってんだ！」
わたしは思わずどなり声をあげていた。
「そのいちばんおくの部屋に……」
「よせっ！」
「女の人がぶら下がってんのよぉー！」
その日以来、彼女とは会わなくなった。

ハウススタジオ

昔からドラマや映画の撮影でよく使われる、ハウススタジオ。

ハウススタジオというのは、ふつうに立っている、一般家屋を撮影用のスタジオにしているもののこと。現在、住居として住人が使っているものを、そっくり撮影に借用する場合と、なん十年もだれも住んでいない、文字通りの廃墟を使う場合がある。

そしておそろしいのがこれ。

なんらかの事件があり、だれも住まなくなった一軒家の場合だ。

住宅ローンが残っているのに、そんな事件があった物件を買ったり、借りたりしようなどと思う人はいない。家主は、ただむだに置いておくよりはいいという理由で、映画やドラマの製作会社に格安で貸し出すケースが少なくない。

今から十数年まえのことだ。

映画監督をやっている友人・佐藤から電話がかかってきた。

「実はまえからいってたホラー映画、来週からクランクインすることになってさ。いろんな演出面でアイデアがほしいから、ぜひ撮影に立ち会ってほしいんだよ」

「ああ、いいけどさ。撮影場所はどこなの？」

「〇〇県××町なんだが、こっちから、おまえんちへむかえをやるからさ。なんとかたのむわ」

そう話す佐藤の背後から、たくさんの人のざわめきに交じってある声が聞こえた。

いぃ……たぁ……いぃぃ……よぉぉぉぉぉぉ……

いぃ……たぁぁぁぃぃ……よぉぉぉぉぉ……

「な、なんだっ！　いま、おまえのうしろから変な声が！」

「わはは！　相変わらず怖がりだな！　いまおれは、役者さんたちの稽古場にいるんだよ」

「……なんだよ。まじでびびったぞ」
「うはははは！　こりゃ傑作だ！　よーし、いまのを今夜の席で酒のさかなにしてやろうっと」
「ばか！」

数日後、約束通りの時間に、一台の車がわたしをむかえにきた。
「おはようございます！　今日からしばらくの間、よろしくお願いします！」
最近ではめずらしく、背筋のぴんと伸びた好青年が立っている。
走り出した車中で、彼に聞いてみた。
「今日行く現場はどんなとこなの？」
「ぼくも先日一度行ったんですが、すごいお屋敷ですよ」
「お屋敷？」
「そうです、お屋敷です。洋館……っていうのかな。ぼくはそういうことは、よくわからないんですけど、アハハハ！」

好青年に屈託なく笑われ、しばしなごんでいると、高速道路をなん本も乗り継いで車は次第に人気のない街はずれへとむかっていた。

「ずいぶん、さびしいところにむかうんだね」

「ええ。あのほら、むこーうの方に森がありますよね？」

そういって彼が指差す方を見ると、前方にこんもりとした森が見える。

「あのど真ん中にあるんです。怖いですよ～」

ほどなく車はうっそうとしげる木々の間をぬけ、まるで中空を形成するかのように、ぽっかりと開けた場所に到着した。

「おつかれ様でした！　中に佐藤さんがいらっしゃいますので、正面のドアを開けて入っちゃってください。ぼくは機材の搬入がありますので、あとから行きます」

着替えなどを入れたバッグを担ぎ、わたしは、いわれたとおり正面のドアへむかった。

（いや、しかしこれは……）

ものすごい家だった。

壁のほぼすべてにツタがはい、元々は白かったであろう外壁は、真緑色のコケにおおわれ、

異様なほどに変色している。
建物にむかって左側には大きな庭があり、ブランコとシーソーが置かれている。
しかしそのどちらも長い間、雨風にさらされ続けて激しくくち果て、いまにもどさりとくずれ落ちそうだった。
玄関の大きなドアの表面には、アール・デコを思わせるような、荘厳な彫刻がほどこされている。

ギッ……イイッイィィィィィィィ……

開けた本人がおどろいてしまうほど〝いい音〟のするドア。
部屋のおくから聞き慣れた声がした。
「おうおう！　おつかれさん！　悪いね、こんなところまで。さぁ、こっちこっち！」
くつをはいたまま中へ進むと、えもいわれぬ、カビくささに包まれた。カビというより、木材がくちていくときに発する独特のにおいだろうか。

「部屋はたくさんあるからさ。一応それぞれに部屋割りしたんだわ。ここ、おれとおまえで使おう」

佐藤がわたしを通した部屋は、窓はあるのにまったく日が差さない、二十畳ほどのスペースだった。

「あとでみんなで顔合わせするから、それまでそこらへんウロウロしててくれ」

そういうと佐藤はわたしひとりを置きざりにして、そそくさと行ってしまった。

なんどもいうが、わたしは怖がりである。しかし、なぜかこの屋敷には心ひかれるものがあった。

高さ3メートル以上はあろうかと思われる天井のすべてに、豪勢なクリスタルを無数にほどこしたシャンデリア。

廊下の壁にも同じデザインの小さな照明がゆらめき、床に敷かれているのはまぎれもなくペルシャじゅうたんだった。

（いったいどんな家族が住んでたんだろう。確か庭に遊具があったな。……ってことは、子ど

もがいたのか……）

そう思ったときだった。

おじさん　おじさん……こっちよ……　おじさん……こっち……

廊下を歩いていたわたしの耳に、それは確かに聞こえた。声の出所を見極めようと、そっと耳をすます。すると……。

んー……んんー……あぁうぅぅー……

なにやら苦しそうにあえぐ、小さな女の子の声……。

（つき当たりの部屋だ！）

わたしは小走りに近付き、その部屋のドアを開け放った。

ところがそこは光の差さない真っ暗な部屋で、廊下の明かりで照らされたわずかな床面がか

ろうじて見えるだけ。
「だ、だれかいるの？　お、お～い。だれか……」
おそるおそるその部屋に足をふみ入れ、漆黒の闇にむかって声をかけた。
「おいおい、なにしてる？」
「ウボアアアアアアアアアッ！」
背後から声をかけられ、とっさに自分でもよくわからない言葉を発する。
「うぼあ？　なにそれ？」
人の気も知らないで、佐藤はのんきな顔で立っている。
「ばかやろーっ！　しっ、心臓が止まるかと思ったぞ！」
「それは困るな。撮影に支障をきたす」
「い、いや、今ここでな、人の声がし……」
「ああ、わかったわかった。ほら、顔合わせの時間だ。早いとこ、こっちきてくれ」
佐藤にうながされ、うしろ髪を引かれる思いでその場をあとにし、わたしはみんながいるらしいリビングへとむかった。

リビングに集まったスタッフが、はしから順番に軽く自己紹介をする。紹介が終わると佐藤が数枚のプリントを手にして話し出した。

「まだ仕こみをしているスタッフもいるから、これで全員ではないがね。おたがいひと通り顔と名前くらいは覚えてくれ。インカムは当然ながら音出し禁止な。使うならヘッドセット着用のこと。

それから……一応この家の管理会社から、『使用に際しての注意』ってのがきてる。紙になってるから全員にわたすが、ちょっとここで概略だけいうぞ。

いいか？　まず使ってはいけない部分だな。これには特定の部屋も含まれるから、各自その辺は気をつけてくれ」

「ういっす」

若いスタッフたちが、同じようにあいづちを打つ。

佐藤が続ける。

「まず立ち入り禁止場所だが、二階の一番おくのテラス。これは『経年劣化のため、床がぬけ

る可能性あり』となっている。まじかよ。それから……」

佐藤はプリントに書かれた立ち入り禁止場所を読みあげていった。

「そーれーかーら……『絶対入ってはいけない部屋』ってのがあってな……。ありゃ、わはは、困ったな中村ちゃん。これ、さっきおまえがのぞいてた部屋だぞ」

あの部屋から聞こえた声を思い出し、わたしはびくっとした。

「ほんとかよ!? な、なんで入っちゃダメなんだ?」

「いや理由は書かれていないが、『絶対』となってる。よほど大事なものでもしまってあるんじゃないか? まぁ、別にあそこは必要ねえしな」

わたしもそんなものかな……と思い、その場は特に気にすることもなく流した。

それぞれが持ち場の作業を完了させ、その日は軽く打ち上げをしようということになった。

缶ビールを一本空けたところで、わたしは異様な眠気におそわれた。

「悪いけど、先に横にならせてもらうわ」

そういってわたしは、先ほど割り当てられた部屋へとむかった。

廊下は昼間とはまたちがった雰囲気に変化しており、薄暗さに拍車をかけたなんとも陰鬱な感じがただよっている。

そのいちばんおくにはあの〝つき当たり〟の部屋があるが、この暗さではなにも確認できなかった。

部屋へ入ると着替えもせず、わたしはどっとふとんの上にたおれこんだ。

おそいくる睡魔に身をゆだね、そのまますぅっとねむりのふちに吸いこまれていった。

どのくらい時間がたったころだろうか。

廊下をドヤドヤと人が歩く足音と話し声がする。

その中に埋もれるように、数日まえ、電話口で聞いたあの声がした。

いぃ……たぁ……いぃぃ……よぉぉぉぉぉぉぉ……

いぃ……たぁぁぁ……ぃぃ……よぉぉぉぉぉ……

（熱心なものだなぁ。こんな時間に稽古を……）

そう思いながらも、わたしはそのままねむりに落ち、気がつくと朝になっていた。

（やばい！　ねぼうしたか？）

あわてて部屋を飛び出し、佐藤の姿を捜すが見当たらない。それどころか、屋敷内にだれの姿も確認できない。

昨晩みんなで打ち上げをやったリビングに行ってみるが、猫の子一匹見当たらない。

（あれ……もしかして外撮りかな……？）

大きな窓から外をのぞくと、庭一面が展望できた。

キィ……イイィ……キィ……イイィ……

なにかがきしむ音がして視線をやると、昨日ここに着いたときに見たブランコ……。

（えっ！）

おどろいた。

女の子がブランコに乗り、ゆらゆらとゆれている。
窓ガラスは昔の技法で作られたらしく、かすんではっきり見えない。
古い回転式のかぎを外し、ガタピシと鳴る戸を開け放った。
ところがそこに先ほどの少女の姿はなく、ただゆれるブランコがあるだけだった。
庭に出て、ブランコに近付く。
昨日見たときには、くちていたはずのブランコが、いつの間にかきちんと直されている。
昨日の顔合わせや打ち上げのときにはいなかったが、おそらく今日到着した子役なのだろう。
しばらくわたしは、庭で寝過ごしたばつの悪さを、どうごまかそうかと考えていた。
ポケットからタバコを取り出し、口にくわえる。ライターで火を点けようとしたときだった。
おじさん　おじさん……こっちよ　おじさん……こっち……
ぽろりと口からタバコが落ちた。

「どこ？　どこなの？　なに？」
わたしは必死で声の主を探した。

こっちこっち……ねぇ　こっちだってば……おじさん　おじさん……

その声にうながされるまま、わたしは再び屋敷の中へもどり、廊下を左へ折れる。
足はあの〝つき当たり〟へとむかっていた。
（あの子はここにいる！）
なぜかそう確信したわたしは、再びあのドアを開けた。
そのとたん！

うあああああぁぁぁっ！
いたああい！　あああーっ！　いたいよぉー！
いたいいたいいい

なんとそこには、全身から血をふきだして転げまわる少女の姿があった。
血は壁一面に飛び散り、女の子が着ている白いワンピースを、みるみる赤く染め上げていく。
「うわああっ！　千秋っ！　千秋ーっ！」
わたしがそうさけんで、女の子に近付いた瞬間！

グドォッ!!

後頭部に激烈な衝撃が走った。
そのまま視界がせばまり、わたしはまるでねむるかのように、先の見えない闇へと落ちて行った。落ちながら、わたしが感じていたのは無数の〝絶望〟だった。

「おいっ！　おいおいおいーっ！」
「ん……？」

「んーじゃねえだろ！　なにやってんだよぉ」
目のまえに佐藤がいる。
気がついたわたしが周囲を見回すと、あのつき当たりの部屋だった。
「女の子……ち、ちあきは!?」
「ねぼけてるぞ！　しかも女の夢を見てるとは！」
「ちっ、ちがうんだ！　なんでおれ……ここに……？」
「それはこっちが聞きたいよ。なんでわざわざ『立ち入り禁止』の部屋でねてるんだ？」
佐藤に説明しようにも、夢なのか現実なのか、自分でもわからなかった。

この家でなにがあったのか、わたしは知らない。
〝千秋〟がだれなのかも……。
でもただひとつ、いまでも感じるのは、あのとき血まみれの少女の名を必死で呼んでいた自分は、ひとりの〝父親〟であったということだ。

ありがとうの手話

「ママァ……どうしてみいちゃんのお耳はなにも聞こえないの？」

三歳のときに高熱を出し、それ以来、みいちゃんの耳にはなにも届かなくなった。

みいちゃんは、わたしの友人夫妻の四歳になる娘で、名前は美玲。

言語を習得する一番大事な時期での発症だっただけに、話し方に特徴的なニュアンスが生まれていたが、とても元気な女の子だった。

わたしがお宅に遊びに行くと、「いらっしゃーい！　今日のケーキはなぁに？」といつも玄関まで元気に飛び出してくる。

いつの間にか、〝わたしが来るときには必ずケーキ〟という図式が成り立っていたらしい。

手で耳をふさぐと、外界の音はシャットアウトされるが、骨を伝わって様々な音が聞こえてくる。これを〝骨伝導〟という。騒がしい現場で活用できる、骨伝導を使った専用イヤホンが市販されているほどだ。

ところが、みいちゃんにはそれすら伝わっていなかった。要するにみいちゃんは、なにも聞こえないのだ。

近所の子どもたちが幼稚園に入園するときも、みいちゃんは少しはなれたところにある養護学校に付属する園に入ることになった。

でもみいちゃんは強かった。

なににもめげない、負けない、気負わない。先生から見よう見まねで手話を習い、家へ帰ってきては両親に「今日はこんなの習った」と、こと細かに伝えるのが日課となっていた。

それから約半年後のある日のこと。

その日は家族三人で八景島へ、みいちゃんが大好きなイルカショーを見にいった。

トレーナーの様々な指示に的確に反応するイルカを見て、みいちゃんが不意にこういった。

「イルカさんだって、お耳が聞こえるのに……」
それを聞いたみいちゃんの母親の目から、大粒の涙がこぼれ落ちた。
「ぼくは聞こえないふりをするのが精一杯でした」
父親はわたしにそういった。

それでも水族館を存分に楽しんだ後、家族は埼玉の自宅を目指して帰路に就いた。
休みの日だけあって道路はひどい渋滞で、父親はカーナビを駆使してなんとか空いている裏道を探していく。やっとの思いでスムーズに走れる道に出たときだった。
「パパァ、みいちゃん、おしっこがしたいの」
「おしっこか、よしよし。どこかコンビニでトイレ借りような」
聞こえないとわかってはいても、彼はいつもそうやって当たりまえのように娘に返事をしている。
ところがそんなときに限って、コンビニが見つからない。
ようやくそれらしき看板が見え、ほっと胸を撫で下ろしたのもつかの間、今度は駐車場が満

杯で入れない。

「どこか空いたら車入れておくから、おまえは先にみいちゃん連れて、店入っててくれ」

父親が母親にそういったときだった！

ガアアアーッ!!

おしっこを我慢しきれなくなっていたみいちゃんは、車から降りようと自分で右側のスライドドアを開けてしまう。次の瞬間！

パパパパーッ！！！！

けたたましいクラクションの音が鳴り響き、ふたりの目のまえから、みいちゃんがいなくなっていた。

「うわあああああああああああっ!! 美玲っ!! みれい――――――っ!!」

みいちゃんは即死だった。

お漏らしをしてはいけないとあわてたみいちゃんは、うしろからくる大型トラックに気付か

ず、コンビニへ走ろうと車から飛び降りてしまったのだった。
あまりにもあっけない最期。

そのとき以来、みいちゃんの家ではすべてのときが止まった。
母親はかたときも仏壇のまえからはなれようとせず、父親も仕事が手につかない。
ふとした瞬間、父親は思わずふりむいてしまう。
いつものようにそこにみいちゃんが立っていて、にこにこと自分に微笑みかけているような、そんな思いに駆られるのだ。
ある日、仏壇のまえに座りこんだままの妻が、なにかを必死につぶやいている。
そっと近づき耳をかたむけると……。
「みいちゃん……ママ、そばに行くからね。もうちょっと待っててね。……ちゃんと行くから。もうちょっとの……辛抱だからね」
うつろな眼差しのまま、空を見つめてそうつぶやいている。
「おい！　しっかりしろっ！　なにいってんだおまえっ！」

「だって……だって、みいちゃんひとりぼっちなのよ。耳も聞こえないあんな小さな子が、どうやって天国へ行けるっていうのっ!!」

「みいちゃんは……あの子は強い子だ。きっと自分で行くべき所へたどり着けるさ」

「気休めいわないでよっ!! やっと手話を覚え出したところなのよ。ひとりでおふとんに入ることだって怖がったあの子が……。いったいどうやったらたったひとりでお空に昇れるのよっ!」

返す言葉なんかどこにも見当たらなかった。ふたりの涙はとどまることを知らなかった。

そのままいくつものねむれない夜を過ごし、ちょうど四十九日目の夜のこと。

「ママ……ねぇ……ママ……」

「……み、みいちゃん? みいちゃんなの!?」

「あのね、ママ、みいちゃんね、ちゃんとお耳が聞こえるようになったの」

「そう。そうなの! そうなのね! よかったね、よかったね、みいちゃん!」

「うん。だからね、みいちゃん、ママやパパのお声もちゃんと聞こえるんだよ」
「本当？　みいちゃん、みいちゃん、よかったね、よかった……。もう体は痛くない？　頭は？　足は？　腕は？」
「だいじょうぶだよママ。みいちゃんね、もうどこも痛くないの」
「そう、それはよかったね。ママもパパもとってもとっても心配しちゃってね。ごめんね、ごめんね、みいちゃん。あのとき、ちゃんとママが……」
「あのね、ママ」
「うんうん、なあに、みいちゃん？」
「ママ……あのね、みいちゃんね、今からお空に昇るの」
「えっ……？　どういうこと？　だってもうどこにも……それにお耳が聞こえるようにもなって……」
「ママ、ありがとう。みいちゃんはママとパパが大好きだよ」
「み、みいちゃん！　待って！　どうして……」
「ママ……ママ……、みいちゃんはとってもしあわ……」

みいちゃんの母親は、ここで目が覚めたという。
なに気なくとなりに寝ている夫の顔をのぞきこむと、目に涙をいっぱいため、声をおし殺して泣いている。
「……あなた。もしかして、あなたにもみいちゃんが？」
夫は声を出さずにうなずき、手で涙をぬぐった。
同じ時間に、みいちゃんは両親のもとを訪れていたのだ。

するとどこからともなく、サラサラサラという音が聞こえてくる。
音をたどっていくと、それはみいちゃんの部屋からだった。
みいちゃんがまるでそこにいて、大好きだった絵本をめくっている……ふたりはそんな感覚におちいり、そっとドアを開けてみた。

サラサラサラッ……サラサラッ……

みいちゃんが使っていたかわいらしい机の上に、一冊の本が置かれ、わずかに開いた窓からの風にページがめくれていく。

ふと風が止み、あるページを開いたまま本は動くのをやめた。

生前、みいちゃんが一生懸命見ていた子ども用の手話の本。

そのページに記されていたものは、〝ありがとう〟の手話だった。

沖縄の部屋で

わたしは小学四年生のころ、親の仕事の都合で沖縄に住んでいた。

沖縄がアメリカから返還された翌年のことで、東京からきた……というのがめずらしいらしく、「あいつは大和人さぁ！」と、周囲からよく指を指されたものだ。

両親は小学校から近い方がいいだろうと、適当な部屋を探したのだが、返還直後の沖縄ではそこそこの物件で妥協するしかなかったらしい。

父がひと足先に単身でうつり、母とわたしがあとから加わった。

三階建ての建物は一階がスーパーになっており、二階には大家さん家族、三階が賃貸物件となっていた。

三階にはふた部屋あったが、入居していたのは、我々家族のみだった。

部屋のまえに大きくテラススペースをとった、いかにも〝南国風〟な造りで、わたしはけっこう気に入っていたように思う。

地元の学校に転入し、一週間ほど過ぎたある日のこと、数人のクラスメートがかけよってきた。その中のひとり、安城がとんでもないことをいい出したんだ。

「ねえ、中村君。君が住んでる部屋ね、お化けが出るんだよ」

「えっ？」

とつぜん、そんなことをいわれて、おどろかない者はいない。

仲井間が続ける。

「そうそう！　このへんじゃ、有名なんだよ」

「う、うそっ？」

ふたり目の証言者が出た時点で、わたしは落ちこみモードに突入し、重い足取りで家路に就いた。

家に帰ると、大家さんの息子・正義が声をかけてきた。

「どうしたの？　元気ないよ」

「実はさ、今日クラスでね……」

わたしは、クラスメートに聞かされた、お化けの話を正義に聞かせた。

「う～ん……」

正義は一瞬おどろいた顔になったが、うなっただけでなにもいわず、ぷっつりとお化け話はとぎれてしまった。

タイミングの悪いことは重なるもので、そんな日に限って家にはだれもいない。

合かぎはもちろん持ってはいるのだが、あんな話を聞かされたあとでは、とてもではないがひとりでかぎを開ける勇気はない。しかたなくわたしは、母が帰るまで屋上で時間をつぶすことにした。

その晩、昼間、学校で聞いた話をそっくり両親に話して聞かせた。

「なに、そんなうわさがあるのか？　そいつは一回、大家に聞いてみなきゃいかんな」

「単なるうわさ話にしても、子どもたちにまで広がるなんてねぇ」

父も母も知らなかったようだった。

翌日、父に連れられて、二階の大家さん宅を訪ねた。
「いやぁ、子どものうわさですから、あまり気になさらないでほしいのですが……」
そう前置きして、父は、前日にわたしが聞かされた〝学校のうわさ〟を大家さんに伝えた。
「そうですか。そんなうわさが広まってますか……」
てっきりすぐに否定してくれるとばかり思っていたのに、大家さんからそういう言葉は出てこない。
「いやいや、ちょっと待ってください。そんな妙に納得されても困りますよ」
父の言葉に大家さんはなにか考えこんでいるようすで、だまっている。
「う、うちがお借りしてるのは、なにかあった部屋なんですか？」
「う、う～ん……」
しぶる大家さんに父がつめよった。
「はっきりしてくださいな！　お金をはらって住んでいる以上、験の悪いところになんかいたくありませんから。そうでしょう？」

「いや、もっともです。それでは……お話ししましょうか……」
やっとのことで大家さんは、重い口を開きかけたが、そのまえにわたしを部屋にもどすよう、父にうながした。
「部屋に帰ってなさい」
父にそういわれ、わたしはしぶしぶ三階へもどった。
「どうだった？　大家さんになんか聞けた？」
母も気が気でなかったようだが、わたしは「先に帰ってろっていわれた」と答えるしかなかった。
「そう……しかたないわね。お父さんが帰ってきたら聞きましょう」

それから小一時間も経過しただろうか。父がもどってきた。
「どうだったの？　大家さん、なんだって？」
わたしはいてもたってもいられず、玄関先（げんかんさき）で父にたずねた。
「いや、たいしたことじゃない。それより今日はもうこんな時間だ。おまえは早く寝（ね）なさい」

いつになく厳しい口調で父にうながされ、わたしが自分の部屋へとむかったときだった。
「待ちなさいっ！」
びっくりしてふり返ると、ものすごい形相をした父が立っている。
「な、なに？　おとうさん？」
「今日はわたしたちといっしょに寝よう。先に歯をみがいておいで」
「えっ、歯はもうみがい……」
「いいからっ！　いう通りにしなさいっ！」
有無をいわさないような父の口調に、わたしはしかたなく洗面所へむかい、もう一度歯をみがいていた。
すると居間の方から、なにやら悲鳴にも似た金きり声が聞こえた。
夫婦げんかをしているような声は聞こえなかった。ただ悲痛な色に満ちた母の悲鳴だったように記憶している。
結局、その晩はわたしを両親がはさみ、親子三人〝川の字〟になって床に就いた。

ふとんに入ってどれくらい時間がたったであろうか。

カリ……カリカリ……カリカリカリ……

なにやら砂壁をゆっくりと引っかいているような異音が、部屋の中からひびいてきて、わたしは目を覚ました。

その音以上にわたしがおどろいたのは、すでに両親がふたりともふとんの上に身を起こし、その音のする方を凝視している光景だった。

ふたりの視線は、わたしの部屋へと続くドアにくぎ付けになっている。

「どうしたの？　なに、この音？」

わたしはすぐに両親にきいた。

「しっ、だまって！　……お父さん」

母が父によびかける。

「だめだな、これは。だめだ」

父が答えるが、わたしはさっぱりなんのことだかわからないでいた。
「なにがだめなの？　ねえ、お父さ……」
わたしの言葉など聞こえていないかのように、とっさに父は立ち上がると、かべにある照明のスイッチを入れた。
音はそれを機に、ぱったりと止んだ。
「さあ、もう寝よう。きっとネズミかなにかだよ……」
父にそういわれて再び床に就いたが、わたしはなかなか寝付かれなかった。
まんじりともせず時間だけが過ぎていく。
照明を消して暗くなった部屋には、小さな常夜灯のみが光っていた。
それから三十分も経過したころだろうか。わたしの左側に寝ていた母の方から異様な音がしだした。
わたしはそれが怖くてふりむけず、ただ耳をすましていた。

ぐすっぐすっ　ぐへぇ……ぐすっぐすっ　ぐへぇ……

あきらかに母のものではない、〝なにか〟の声がわたしのすぐうしろから聞こえる。
（怖い！　怖いよぉ！　お父さーんっ、助けてよー！）
そう思ったときだった。
「なんだ、きさまはっ！」
父は気付いていたのだ。
ふとんから飛び起きた父が、わたしのうしろにいる〝なにか〟にむかって、一喝した。
父のその声でパニックになったわたしは、思わず母の方をふり返った。

そこで見た光景はいまでも忘れられない。
苦しそうに寝汗をびっしょりとかいた母の上に、顔をくしゃくしゃにした女がすわっていた。
髪をざんばらにふり乱し、かっと開かれたまぶたからのぞく白濁した眼球が、妙に印象に残っている。

父の一喝で、女は煙が消えるように姿を消してしまったが、あの気丈な父のこぶしはその後しばらく、小きざみにふるえ続けていた。

中学生になって、やっとあのとき大家さんから聞かされた話を、父から打ち明けられた。
以前あの部屋に住んでいた女性は、沖縄に駐留していた米軍兵士と恋仲になった。
米兵はアメリカに帰国することが決まると、「自分はいったん本国へ帰るが、いっしょにアメリカへ行こう。必ず迎えにくる」と女性に告げたという。
米兵の言葉を信じ、女性は数年、待ち続けるが、結局、米兵が帰ってくることはなかった。

そして……。
一通の書き置きを残し、待ちつかれた女性は服毒自殺をとげてしまう。
遺体は夏の熱気で腐敗し、発見されたときにはひどい状態であったらしい。
その部屋が、わたしが使っていた部屋なのだそうだ。

ミキサー室の霊

もうずいぶんまえのことになるが、わたしはバンドを組んでいた。
バンドのメンバーはその日によって入れかわり、ときにはとんでもない大御所が入ることもあった。

あるクラブでライブをしたときのことだ。
そこは東京都内でもかなり有名なところで、だれもが知っている有名なバンドや、アーティストも送り出している。
その日、そんな憧れの場所に初めて立つこともあり、わたしは少し気後れしていた。
しかもそのクラブには、さまざまな有名人たちが語り継いでいるひとつの〝怪異伝承〟があった。

そんなことも手伝って、楽屋に入るなりわたしは、不穏な空気をびしびしと感じ取っていた。
あとで聞いたことだが、その場にいたすべてのメンバーが、全員同じ思いであったというのも不思議な話だ。

開場までの一時間半ほどのあいだに、すべての機材のチューニングやセッティングをすます。
ステージから見て左上にはミキサー室があり、照明はその反対側に位置していた。
ドラム担当のわたしは、すべてのドラムを定位置にセットすると、ハイハットというシンバルの組み立てに取りかかっていた。
「テス……テス……アーアッ……アーアッ」
音声や映像を調整するミキサーが到着したらしい。
「ツェッ！　ツェッ！　シッシッ……」
いつもながらのマイクテストが開始され、同時に照明も点いた。
まぶしい光が全員を照らし出す。
「えーと、ドラムさん、ちょっとバスもらえますか？」

マイクを通してミキサーから指示が出るが、このとき、わたしはまだバスのペダルをセットしていなかった。

「すんませ～ん！　先に他を……ベースからやってもらっていいですか？」

わたしはそう声をかけ、ベースからチューニングに入ってもらおうとした。

しかし気付くと、ベース担当が楽器をかかえたまま固まっている。

「なにしてんの？　どうした？」

そう声をかけたが、ベース担当はある一点を見つめたまま微動だにしない。

その視線を追いかけていくと、左手にあるミキサー室の窓だった。

「なに見てんの？　どうかしたの？」

わたしの言葉で我に返ったベース担当がいった。

「ちょっと教えてほしいんだが……」

「なに？」

「今日のミキサーは箕輪さんか？」

「いや、今日はここの専属ミキサーがくるって聞いているが……」

「まじかっ！」
そういうなり、まるで腰をぬかしたように、ベース担当はうしろにへたりこんだ。
支える主がいなくなった1・8メートルほどもあるウッドベースは、そのまま真横にたおれ、オルガンの角を直撃した。
その衝撃でベースのヘッドは、ぽっきりと折れてしまっている。
「うわーっ！　へ、ヘッドがー！」
思わずさけんだベース担当に、サックス担当が声をかけた。
「落ち着け！　いったい、どうしたっていうんだ!?」
ベース担当が答えた。
「中村が『ベースから』っていうのを聞いて、すぐに動けるようスタンバイしたんだ。でもなんの指示も出ないから、ふとミキサー室を見上げたんだよ。そしたら……」
「そしたら……」
サックス担当とわたしは声をそろえて聞いた。
「ぶら下がってるのが見えたんだ！」

「なにがだよ！」
サックス担当がいらっとした声でいう。
「な、中で、人が……首からロープを……」
「なにっ！」
わたしはすぐにミキサー室へ走ろうとしたが、いつの間に到着したのか、その日、出演予定だった〝大御所〟が引き止めた。
「いいから！」
「いや、いいからもなにも……」
「いいんだ。行ってもなにもないんだ。ここは……そういう場所だ」
大御所にそういわれても、いても立ってもいられず、わたしはミキサー室へ上がって行った。
小さな重いドアを開けると、なじみある機械が整然とならんでいるだけで、そこに人影は確認できなかった。
「じゃ、じゃあ、さっきのマイクテストは？　おれに『バスもらえますか』っていったのは……」

ミキサー室を出て、わたしは大御所に確認した。

「ああ。実際にはだれもいなかったんだな……。

昔、ここの専属ミキサーが、個人的な理由で首をつった。まだ息があるところを発見されたんだが、数時間後に搬送先の病院で息を引き取ったんだ。

よほど自分の仕事場が気になったんだろうな……。それ以降ちょくちょくここで〝目撃例〟が相次いだんだ。

中には気味悪がって、ここには二度と出ないってのもいるが、おれは別にこわかねえんだ。生前、よくいっしょに飲んだりしてたしな……」

それを聞いて、わたしはなんだか切なくなった。

折れたベースは使い物にならず、急きょ、その日はエレキベースで対応したのだが、演奏中ずっと青い顔をしていたベース担当の表情は、いまでも忘れることができない。

また、いる……

怪奇体験
怪異体験
霊体験
心霊体験
恐怖体験

呼び名はさまざまだが、いずれも〝霊が関連した〟と思われる不可思議な事例を指す表現だ。それらは、あからさまに経験する者と、そうでない者とにはっきりと分類される。

四十年ほどまえの夏、わたしは初めて自分のトラックを買った。

〝買った〟とはいうものの、自分でローンを組んで買ったものではない。

ある人が数台買って持っていた中の一台を、わたしが代わってローンを支はらい、そのまま仕事に使っていたのだ。

とはいえ車はまったくの新車といっていいほど状態がよかった。でもまだまだ若かったわたしは、『トラック野郎』という映画の主人公が乗る〝一番星号〟よろしく、ギンギラにかざり立ててしまった。いまでいう〝デコトラ〟だ。

世の中は高度経済成長の真っただ中で、どんな車に乗っていようが、仕事にはことかかなかった。

その日は札幌から青森へ引っこし荷物を運び、帰り荷として、札幌の大型家具業者へのたんすの搬送があった。〝帰り荷〟とは、目的地から発進地まで、トラックが帰る空きを利用する便のことだ。ちなみに発進地から目的地までは〝立ち便〟という。

長距離はいい。実にいい。

わたしは運送業者の社員として働いていたわけではないので、行く先々で好きな方面への荷

を選ぶことができた。

立ち便の荷を下ろして仲間数人とコーヒーを飲んでいると、関西方面から荷を運んできた大川がわたしに話しかけてきた。

「はぁ～、さすがに兵庫・東北に次いで、北海道いうのはしびれますね……」

「うはは！　大ちゃん、もしかして関西からぶっ通し？」

そうはいいながらも長距離好きなわたしは、すこし大川をうらやましく思った。

「そらそうですわ！　実はわしも先月新車買うたんですよ。一生懸命働いてかせがな！

ところで中村はん、ここから出る伝票、次はどこ行きか聞いたはります？」

伝票というのは荷物を意味する。

「いや、なにも聞いてないけど……。なんで？」

「なんでも『東の方』いうて話しとんの、さっき事務所のまえ通ったら、ちらっと聞こえたんですわ」

「ふーん……もしかしてそれが本当なら、釧路方面の大荷かもしんねえぞ」

「ほんまですか!?　そらうれしいわ！　いっしょに行けますやんか！　で、荷はなんですのん？」

トラックは走る距離と荷物の量で運賃が決まる。距離が長くて大量の荷ならばんばんざいだ。

わたしは大川にわたしの知っている情報を教えてあげた。

「小樽にS家具っていう工場があってさ。そこは桐なんかの婚礼もの専門なのよ。高価なだけに気もつかうけど、運賃がはんぱじゃないんだわ。これは、おいしいよぉ！」

「うわっはは！　新しいバンパー作れそうや！」

まだS家具と決まったわけではないのに、大川は満面の笑みをうかべている。

「一生懸命かせぐって、飾りのためかよ！」

そんな話をしているところへ、顔なじみの配車係がやってきた。

「おう、いつものメンバーだね！　これからS家具行ってもらうんだけど、みんなパッドはある？　一棹あたり百万は下らないたんすだからね。ばっちり巻いて行かないと、えらいことになるぞぉ」

「大丈夫ですよ。もしだれかが足りないようなら、おれのパッド貸しますから」

パッドというのは荷物を保護する毛布のこと。行き先や荷物を行く先々で選んでいるわたしは、いつも多めに用意していた。

「うんうん、じゃあそういうことでな。むこうの出荷状況の都合もあるから、申し訳ないけどもう少し待ってて……」

配車係は〝もう少し〟といったが、トラック業界で〝もう少し〟といえば二時間以上、〝しばらく〟とくれば、軽く六時間は待つことを意味する。

「飯もさっき食っちゃったし、なんだかひまだなぁ……」

わたしがそうつぶやくと、仮眠用のベッドにねころがっていた横川という男が、こんなことをいい出した。

「そういえば中村ちゃん、茨城のHって町……行ったことある？」

「ああ、それならこの間、引っこし荷物、運ぶのに行ったね。あの町がなにか？」

「なんでんねん、横川はん？　あそこになんぞ、おもろいことでもおまんの？」

大川も話に加わる。

「まあ待て待て。それは国道6号から行った？」

「途中までは50号で行って、岩沼から6号に……」
「おお、よく白バイがかくれてるとこな！」
わたしの言葉をさえぎって、横で缶コーヒーをすすっていた橋本も話に交ざってきた。
「ああ、50号から6号ルートか。いや、実はさぁ……」
そういって横川が話し始めたのは、運転中の〝心霊体験〟だった。横川が口火を切ると、みんなが自分の体験を次々披露していく場となってしまった。

すると、それまで我関せずといった面持ちで、横で雑誌を読んでいた亀井という男が口を開いた。
「おい、やめろやめろ、そんな話！　まったくくだらねえ」
亀井はそこにいた中でいちばんキャリアが長く、年齢も少し上だったが、ふだんから粗暴な言動が目立つ一風変わった人物だった。
「なんでんねん亀井はん。『くだらねえ』とは、少しいい過ぎちゃいますか？」
大川が亀井に食ってかかる。

「ばっかやろう！　いいか、人間なんてのはな、死んだら土になる！　それが当たりまえだろうが！　それをお化けだ、幽霊だってほざきやがって。てめえら小学生か！」

「なんやとこらっ！　もいっぺん、いうてみい、だれが小学生やねんっ！」

本当に小学生のようなことを返す大川を、わたしは軽くいさめた。

「いやぁ亀井さんはそういうけど、あるものは現実に『ある』んだぞ」

せっかく大川を止めたのに、今度は横川が火に油を注ぐ。

橋本がはやしたて、収拾がつかなくなったが、やがて落ち着いたところで、横川が再び話し出した。

「亀井さんのいうことも、わからないではない。でも現実に見てるおれたちがいる。それもうそだと？」

「いや、おれはおまえらをうそつき呼ばわりする気はないぞ。でもな、そんなもん絶対にありえない！」

亀井もがんこで持論を曲げる気はないようだ。

「あんたもわからん人やな！　わしらは現実にそないな経験なんどもしとんのや。それを頭っ

からありえんとはなにごとやねん！　あんたが信じんいうのんは勝手や。せやけど、それを他人におし付けなや」

大川のいうことにも一理ある。

このままだと、またさきほどの二の舞になりそうだったので、わたしは亀井がこうまでいう理由を聞いてみることにした。

「亀井さんがそこまで否定するのは、なんらかの根拠があってのことだと思うんだけど、どうなんです？」

すると亀井の口から、とんでもない答えが返ってきた。

「だっておれ、幽霊なんか見たことねえもん」

〝それが理由か〟とおどろく一同を尻目に、亀井はなおも続けた。

「おまえらだって知ってると思うけど、『二十歳まで見なきゃ一生見ない』って。おれはいま二十五歳だけど、いまだかつてそんな経験はない。だからこれからもありえないし、そんなものはまったく信じてもいない」

「そっ、それが亀井さんの『信じない根拠』なんですか？」

わたしは少しあきれた口調で亀井に聞いた。

「あったりめーよ！」

亀井の返事にみんなもあきれ返っている。

そのあまりにも幼稚な〝根拠〟は、〝怖いから信じたくない〟といういいわけにしか聞こえなかった。

「亀井さん、そんなこといってると……出ちゃいますよぉ」

橋本が冗談めかしていった。

それからしばらくはコーヒーを飲んだり、せんべいをかじったりしながら、配車係から声がかかるのを待った。

「ほいほい、お待たせ～」

二時間ほどたったころ、ようやく積みこみの都合が整い、大川、横川、橋本、亀井、そしてわたしのトラック五台そろって、小樽のS家具へとむかう。

S家具の立地は、トラック五台すべてが一度に入場することができない。

しかも交通量の多い国道からバックで車をつけないと入れず、運転に自信のない者から〝地獄のS家具〟などといわれていた。

五台のトラックは、運転中も無線で話すことができる。

さっそく大川からの無線が飛んできた。

「ピッ　いんやあ、ここめっちゃ入りづらいなあ！」

「ピッ　取りあえず先に亀井さんが積みに行ってるから、おれたちはここで待機な」

「ピッ　了解です」

わたしの無線に大川が応える。

「ピッ　おれたちも、亀井さんの積みこみ、手伝いに行った方がいいんじゃねえ？」

横川が提案するが、S家具の人手は十分足りており、行けばかえってじゃまになる。

釧路の搬入先には五台そろって納品することが決まっているため、荷を積み終えた車は、少しはなれたコンビニの駐車場で待つ段取りにしていた。

五台すべて積み終わると、時刻は午後十時を少し回っていた。

待ち合わせ場所で五台そろったことを確認し、横川が先頭となって一路、目的地の釧路を目

指した。

その当時の小樽から釧路までの行路は、大まかにわけてふたつ選択肢があった。

ひとつは、遠回りにはなるものの、旭川方面から大雪山系をぬけるルート。

もうひとつは、夕張から日高方面へぬけ、帯広を通って足寄にぬけるルートだ。

現在ではとちゅうの一部分を除いて、高速道路で行くことができるが、当時は一般道を行くのが定石。それで距離的に短い後者を選択することにした。

買いこんだおにぎりをほお張りながら時計を見ると、まさに午前一時になったばかり。

それまでは五人全員で盛り上がっていた無線も、一番手を走る横川と三番手にいるわたしだけになっていた。

この時点でトラックは、横川、亀井、わたし、大川、橋本という順番である。

あとの三人も無線機の電源を落としたわけではなく、無線を聞いているだけの、いわゆる〝たぬき状態〟だった。

市街地を走るときには、信号ではなされないようにぴったりくっつき、郊外へ出れば長めに

車間を空けて走る。
車列はじょじょに峠にさしかかってきた。
先頭の横川から無線が入る。
「ピッ　お～い！　そろそろN峠だぞ！　みなさん、お目目ぱっちりでお願いしますよ～！」
「ピッ　はいは～い！　なんや峠があるんかいなぁ……」
このあたりにあまり慣れていない大川が、まっさきに無線を返す。
「あるある！　この先、ものすげーのが待ってるぞ！」
みんなに気合をいれるかのように、思わずわたしの声は大きくなっていた。
「もしはぐれたら、頂上の茶屋で待ち合わせな！　ってか小便してー」
「わははは、もらすなよ！」
橋本の無線にわたしは笑って返した。

間もなくして車は坂を上り始め、五台のトラックは車間もまばらになっていった。
変わらず無線で話しているのは、横川とわたしだけとなり、次第に話すネタもなくなってき

た。眠気覚ましに、わたしは変な歌を歌ったり、似ても似つかないヘンテコな物まねなんかをやっていたように思う。

空気を入れ替えようと、わたしは窓を開けた。

深夜の山間部に、デコトラ特有のマフラーの音がビタビタとひびきわたっている。

マフラーは車の後方や横に飛び出ている、金属のパイプ部分のこと。ここもより大きな排気音が出るようにしていた。

車は曲がりくねった峠道をどんどん上って行く。やがて道の左側に〝五合目〟の看板が見えてきた。

「ピッ　しかしなん回きても、相変わらずなにもないとこだねぇ」

先頭を行く横川から無線がきた。

「ピッ　あったりまえだべさ！　……山だもん」

すぐにわたしは応答した。

話すのもおっくうなのだろう、相変わらず横川とわたし以外の三人は〝たぬき状態〟を決めこんでいる。

みんな、眠気がおそってなければいいがと思いつつ、わたしは横川と無線でまた話しはじめた。

「ピッ　このあたりに女の子でも歩いてれば、ソッコー拾って行っちゃうんだけどな！」

横川が明るく冗談を飛ばしてくる。

「ピッ　ばーか、それじゃあ拉致だよ」

「そっか！　そいつぁまずいな」

「第一だな、夜中にこんなとこ歩いてる女って、そりゃこの世のもんじゃないだろ」

「そりゃそーだ！　ひえぇ～おっかねえ、おっかねえ！」

大げさに横川が返してきた。たわいもない会話だが、疲れと眠気とをふりはらうには、こんな話がいちばんだった。

それから十五分も走ったころだろうか。

横川から再び無線が入る。

「ピッ　おいおい……ちょっと。……なぁ、中村、聞いてる？」

「ピッ　はいはい、聞いてるよ」
「ピッ　こんなことってあるかな……」
「ピッ　なんだ？　なんかあったの？」
「ピッ　……女の子だよ。それも中学生くらいの……赤っぽいジャージ着てさ」
「ピッ　おいおい横川、寝てんのかぁ？　ちゃんと目ぇ覚ませよ！」
わたしは笑って返したが、みんな、疲労困ぱいしていることはまちがいなかった。
自分自身も、あんなに車間が空いていた二番手亀井の車が、いつしか目前に迫っている。
「ピッ　いやいや、マジだって！　ジャージ着て……縁石に座ってるよ！　よく目をこらして見てみなよ！」
無線から聞こえる横川の声は、いつしか真剣な声色に変わっている。
周囲に民家などはいっさいなく、ましてこんな夜中に中学生の女の子がいることなど、ありえないと思った。
そのときだった。

「あっ!!」
その子は本当にいた。道の左側にある縁石に、ひざをかかえるようにして座っている。
確かに赤っぽいジャージを着た女の子で、体の側面に入った白い二本線までもが、わたしにははっきりと確認できた。
「ピッ　見た見た見たっ！　確かに女の子、赤いジャージの！」
わたしはすぐに横川に無線を送る。
「ピッ　だよなだよな！　なんでこんなところに……林間学校か？」
即座に横川が応答する。
「ピッ　こんなところで、しかもこんな時間にそれはねえだろう!?」
「ピッ　そうだよなぁ、いったいありゃあなんだったん……あれ？」
「ピッ　なんだ？　今度はどうした？」
「ピッ　……」
わたしの無線にも横川はだまっている。
その沈黙がおそろしさを倍増して、わたしは即座にいった。

「ピッ　どうしたんだよ！　こえーよ、だまるなよぉ！」
「ピッ　また……また、いる……。さっきの子……まちがいない。さっきの女の子が……」
横川の声がふるえている。わたしは無線にむかって大声をあげた。
「ピッ　横川、おい、しっかりしろよ！　同じ子ったって、あれからなんキロ進んでると思って……」
次の瞬間だった。

キキッ！　キッキキキイイイイイイイイイイイッ！

わたしのまえを走っていた亀井のトラックが、なんのまえぶれもなく急ブレーキをかけたのだ。亀井のトラックは大きく左右にゆれ、対向車線に頭をむけた形で急停止した。
あたりには、急ブレーキによりタイヤから発生した、青白いけむりが立ちこめている。
わたしはとっさに亀井の車とは反対側へハンドルを切った。亀井の車への追突はさけられたが、心臓は早鐘のように鳴りひびいている。

（ふーあぶなかったなぁ。それにしても亀井さん、なにやって……）

そう思いながら、亀井のいる運転席に目をやった瞬間だった。

「うわあああああああああああああっ！　いやだあああああああああああああっ!!」

とんでもないさけび声をあげながら、亀井が運転席から転げ落ちてきた。

「亀井さん！　なにやってんすかっ!!　早く車どかさないと対向車が……」

どなるようなわたしの声が聞こえないのか、亀井はなおもさけび続けている。

「うえええええええええええええっ！　いやだっ！　いやだあああああああああああ!!」

路面にしりもちをついていた亀井は立ち上がると、さけびながら峠道の真ん中をどんどん上って行こうとする。

わたしのうしろに付いていた大川が異常を察知し、すぐに先頭の横川に無線で連絡する。

「大ちゃん、悪いけど、亀井さんの車、真っ直ぐにしておいて！」

大川に車のことをたのみ、わたしはすぐに走って亀井を追いかけた。

足には自信があったのだが、ぜんぜん亀井に追いつけない。

次のカーブまで行くと、そのずっと先にハザードランプを点けて停止している横川の車が見

えた。横川も車を降りて、こちらにむかって走ってきているのが確認できた。
「おーいっ、横川、亀井さんを止めてくれーっ！」
坂を上って行く半狂乱の亀井を、横川はプロレス技をかけるようにして、ようやく確保した。
「はなせ！　こらあ、あっちいけ！　あっちいけやあああああっ！」
息もきれぎれの状態でやっと追いついたわたしを、亀井はふりはらおうとする。
「亀井さんっ！　亀井さん、おれだよ！　ほらっ、おれおれっ！　亀井っ！」
「はあはあ……あっ……中……ちゃんか……」
ようやく亀井は正気をとりもどしてきたようだった。
「落ち着いて！　ね、いったいどうしたの？　なにがあったの亀井さん」
横川が必死に話しかける。
「はあはあ……ほかのみんなは？」
「みんな心配して待ってるよ。とにかく車のところにもどろう、ねっ？」
わたしと横川とふたりで、両側から亀井を支えるようにして、亀井の車を停めた場所までもどる。

「ああ……ごめんな……ごめん」
亀井はひとりごとのように「ごめん」をくり返している。
わたしは、車の中に買い置きしてあったウーロン茶を亀井に飲ませた。
半分ほど飲んで、ひと息つくと、亀井は一度、みんなの顔をぐるりと見回し、ようやくほっと安堵のため息をついた。
それから亀井は、なぜそんな状態になったのか、その理由を語りだした。

「こんなことって……本当にあるんだな。そうだ、あるんだよな……」
なんとか落ち着きを取りもどしたようではあったが、路肩の縁石に腰かけている亀井の両ひざはがくがくとふるえている。
「亀井はん、いったいなにがおましたんや？　わしらなにがなにやら……」
大川がせきたてる。
「大ちゃん、ちょっと待とうよ。亀井さん、もう大丈夫ですよ。ね、みんなもこうしているんだし……」

わたしの言葉を橋本がさえぎる。
「亀井さん、もしかしてさっきの女の子……見たんじゃないのかな」
すかさず横川が反応した。
「すっかりそのこと飛んでたけど、やっぱり橋本君にも見えてたのか!? ありゃあいったいなんだったんだ……」
「見たんだ」
横川の言葉に重ねるように亀井がぼそっといった。
「実は……見たんだよ。おれも……」
「見たって……あの女の子をでっか?」
大川がきいた。
「ああ。確かに縁石にひざかかえて座ってた……」
「はは……でも亀井はん、あれは単なるふつうの人間でっしゃろ? それをなんでまた……」
「いや、大ちゃん。それはちがう」
「中村はん、なにがちがうんです? そやかて、わしら、みーんな見てるがな。この辺の子が

夜中にやな……」

大川は本当に人間だと信じこんでいる。横川が冷静な口調で大川をさとすようにいった。

「この辺の子？　どこに民家なんかある？」

「あれは生身の人間ではない……とおれも思う。第一、人間が車より速く移動することなんかできっこない」

最後尾にいた橋本が、わたしのあとで続けた。

「おれはしんがりだっただろ？　確かにおれにもその子は見えてたんだが……」

「だが？」

いっせいにみんなが橋本の顔を見る。

「実はおれが見たその子は、おそらくみんなが見たモノとは、ようすがちがうように思う」

「なんやて!?　ど、どういうこっちゃねん？」

大川の顔が青ざめている。

「みんなはあの女の子が『縁石に座ってた』っていってるけど、おれが見たのは……」

「……やめろ」

亀井がぼそっとつぶやく。
「走り去るみんなの方を……」
「やめろ」
亀井の言葉を無視して橋本が続ける。
「立ちつくして、じっと見つめてるうしろすがただったんだ！」
「やめろおおおっ!!　うわあああああああああっ！」
そうさけぶと亀井は、自分の車にむかって走り出した！
「おいまずいぞっ!!」
「亀井さん亀井さんっ！　どうしちゃったのよ!?」
わたしと横川で亀井を追いかける。
車に乗りこもうとドアノブをつかんだ亀井がふり返っていった。
「心配するな！　ここにはいたくないだけだ。とにかく頂上の茶屋へ行こう！」

わたしたち五人は、とにかくその場をはなれ、頂上へ車を走らせた。

先頭の横川へ無線を入れる。
「ピッ　横川ちゃん、茶屋に着いたらいちばんおくの駐車スペースにむかって！」
「ピッ　りょーかい！　それって自動販売機と屋外トイレがあるとこだよね？」
「ピッ　そこは、なんぞ食うもん売ったはるやろか？」
大川はのんきに食べ物のことを考えている。
「ピッ　なんだよ大ちゃん、もう腹へったの？」
「そらすきますて！　もうすぐ夜中の三時やで！　おやつの時間やちゅうねん！　亀井はんかて同じやろ？」
「ピッ　あ？　ああ、そうだな。おれもちょっと小腹がすいたかな。お母ちゃんのカレーが食いてぇ～！」
「ピッ　わはははは！」
頂上まではまだ幾分、時間がかかる。
できるだけ明るいばかな話でもり上げようと、みんな必死になっているのがわかる。亀井本人も、それに気付いているようだった。

数十分後。
頂上に着いた我々一行は、峠の茶屋に隣接する駐車場のいちばんおくのスペースに陣取った。
車から全員おりてくると、亀井がいった。
「悪いなみんな。おれはもう大丈夫だ。でもな……でも……」
「でも……なんです？」
わたしは努めて落ち着いた口調できいた。
「昨日、大川とあんなことになった経緯があるからな。正直いってみんなにはすまないと思ってんだ。それをわかってくれた上で……いまから話すことは、笑わないで聞いてほしい」
「亀井さん、この期におよんでだれも笑ったりしないよ」
横川が四人を代表するように答えた。
「そうか……そうだな。じゃあ話そう」
亀井はそう前置きすると、それまで吸っていたタバコをコーヒーの空き缶に放りこんだ。
「おれはずっと横川と中村の無線を、タヌキこいて聞いてたんだ。『こんなとこ歩いてる女は

この世のもんじゃない』って話が出たろ？　もちろんあそこも聞いてたし、正直いっておれは鼻で笑ってたんだ。『またばかな話してやがる』って……」

そこから先、亀井が語ったことは、いま思い出しても寒気がする。

それから間もなく横川が縁石に座る少女を発見し、わたしとのやり取りが開始された。

亀井が続ける。

「さっきもいったが、あれはおれにも見えてたんだ。じっと一点を見つめたまま、身じろぎもせず縁石に座ってた。

（あれ？　なんでこんなところに子どもがいるんだ？）

そう思ったよ。中ちゃんがいった通り、着ているジャージの白いラインまでくっきり確認できた……」

しかしそれから数分後、少女は再び我々のまえに現れる。

その姿も亀井には見えていた。

「それもおれには見えたんだが……おそらく、ふたりとはちがう形で見えてたはずだ」

「ちがう形って？　おれには先に見たときと同じく、縁石に座って……」

わたしの言葉に亀井がかぶせる。
「やっぱりか。やっぱり……ちがうんだな」
「おれも中村ちゃんがいったのと同じように見えたよ」
横川がいった。
「立ってたんだ」
「立ってた？　あの子が？」
すかさずわたしは聞いた。
「そうだ。しかもおれの方むいてこう、信じられないほど大きく口を開けて、顔をまえにぐぐっとつき出すような……」
「なんやそらっ！　気色わるうっ！」
大川が口をはさんだ。
「それを見て、さすがにおれも背筋に冷たいものを感じたよ。胸がどきどきして、今まで感じたことがないような、いい知れぬ不安感におそわれた。
そのときだったよ。ふと助手席側に人の気配を感じたのは……。

真っ直ぐ進行方向を見ているおれの視界のすみで、なにかがぐにゃぐにゃと動いている……そんな感じだった」

一同だまりこんで、亀井の次の言葉を待つ。

「おれはためらうことなく左側を見た。そこには……」

ゴクッと横川がつばを飲みこんで聞いた。

「そこには……なにがいたんです？」

「全身を妙にくねらせながら、おずおずとおれに近付いてくるあの女の子がいたんだ」

「うわあああああっ!!」

そこにいた全員がさけんだ。

あの峠道でなにがあったかは、いまとなっては知る術もない。

五人の中で、ゆいいつ〝信じない〟をつらぬき通していた亀井にのみ現れた怪異。

切迫した状況下では、〝幻覚〟を見ることもある。亀井の横に見えたものも、あるいはそう

なのかもしれない。

しかし、まったく異(こと)なった人格を有する五人全員が、赤いジャージの少女を見たのは確かだ。

怪異(かいい)はいつでも、あなたのすぐそばにたたずんでいる……かもしれない。

痛(いた)む顔

なん年かまえの夏だった。
「こんな早くにすまんが、ちょっと相談したいことがあるんだ」
真夜中に友人の大谷から電話がかかってきた。
「こんな早くって、いまなん時……まだ三時じゃねえか！」
「だから『すまん』といっている」
それから一時間もしないうちに、自慢(じまん)の車を飛ばして大谷がやってきた。
「なんだよおまえはっ！」
エンジン音を聞き、玄関(げんかん)のチャイムが鳴るころあいを見計らって、わたしはドアを開けた。
見ると大谷は顔中に大きなばんそうこうをはっている。
「なんだおまえそれ？　オヤジがりにでもあったか？」

「ふざけてないで、いいから早く中に入れてくれ」
先ほどの電話で妙に鼻がつまったような声をしていたのは、ばんそうこうのせいだったのかと、わたしは納得した。
「これ……」
大谷が手にもった箱を差し出す。
「なにこれ？」
「開けてみりゃいいだろ、おまえの好きなマンゴーだよ」
ソファーにすわりながら、大谷は大きなため息をついた。
とにかくぶっきらぼうな男なのだが、少しようすがおかしい。
「いったい、なにがあったんだ？」
わたしは真剣な顔にもどし、大谷が負った〝けが〟の理由をきくことにした。
大谷はなんにでも〝凝る〟性質だった。
世間が「エコだ」「温暖化防止だ」とさわげば、すぐそれに便乗する。

便乗するだけなら問題はないが、ひとたび心にささったことには、時速なん百キロかで加速してつき進むような、そんな男だった。

（よし！　時代は変わった！　これからは自転車だ！）

そう一念発起した大谷は、いきなりイタリアの有名メーカーのロードバイクを購入した。

九十万円もする高額自転車だ。

「それでな。このあいだそれにまたがって、近所をうろうろ走り回ってたわけだ」

ロードバイクで近所って、この時点でなにかがまちがっていると思ったが、そこはなにもいわず、話の続きをきくことにした。

「あるふみ切りに近付いたら、遮断機が下りてきてな……」

大谷はやむなく自転車を停め、電車が通過するのを待っていた。

「ふと道の右はしを見ると、高校生くらいの女の子が立ってるのが見えたんだが、なんだか少しようすがおかしいわけさ……」

わたしはいやな感じがした。

「そこは駅が近くにあるわけじゃないから、電車はそこそこスピードを上げて通過する。ふみ

切りの警報音に交じって、遠くから電車が近付いてくる音が聞こえ出したときだった」

それまで、じっと下をむいて立っていた女の子が動いた。

「その子がとつぜん遮断機をくぐって、線路内に飛びこんだんだ。それを見た瞬間、おれの心臓がぎゅーって萎縮する感覚がきて、声も出せなかったよ」

「……」

わたしは言葉がなかった。

「けたたましく電車の警笛が鳴り響いて、同時に『ギギギギーッ』というブレーキの音がして、次の瞬間……」

「見ちまったのか」

わたしはかたずをのんで、大谷の答えを待った。

「……いや」

「『いや』って、なんだよ？」

「気がついたら病院のベッドにいたんだ」

「だれが？」

「おれの話してんだろが！」
「おまえが病院に？　なんで？」
女子高生が電車と接触した瞬間の映像までは、大谷の記憶にあるのだという。
しかし次の瞬間、まるで目のまえで強力なストロボをたかれたかのようなショックにおそわれ、そのまま気を失ったらしい。
「極限の精神状態におちいると、人ってのは、自ら記憶を遮断することがある……と医者にはいわれてるんだが……」
「そうじゃないのか？」
「それじゃあ、このけがに対する回答になってないと思わんか？」
「そりゃそうだが……」
わたしには、状況がまだよくつかめていなかった。

病院のベッドで気がついた大谷は、少しして自分の身になにが起こったのかが気になりだした。

しかし、それよりもたえがたかったのは、顔面のすべてに走る激痛と、頭の中をかけめぐる〝電車の警笛〟だったという。

「とにかくなにが起こったのかがわからない。顔は痛いし、変な音は耳からはなれないし……。鎮痛剤を打ってもらって少し落ち着いたころに、看護師に聞いてみたんだ。

でもみな一様に『あとで医師から正式な説明があります』っていうだけで、取り合ってくれなかった」

「でも結果的には、理由を聞くことができたんだろ？」

「ああ」

「もったいぶらずに教えろよ。結局そのけがの理由ってのは……」

大谷はすこし怖い顔で、わたしの言葉をさえぎった。

「中村」

「うん？」

「今から教えるから、ちゃんと聞いてほしいんだ。いいか」

なんだかおかしな前置きをして、大谷は大きなため息をひとつついた。

「これ……わかるか？」
そういって大谷は、ひときわ大きく鼻にはられたばんそうこうを指さした。
「わかるか……ったっておまえ。気を失って顔からたおれたんだってことしか……」
「そう見えるよな。だがちがう。そうじゃないんだ。さっきいったとおり、おれは自分がなぜ病院にいるかを、担当医師から直接伝えられた」
「それはさっき聞いたよ。前置きはいいから、早いとこその真相をだな……」
「聞かなきゃよかった……」
「なに？」
「この世には、知らない方が幸せなこともあるよな」
わたしには大谷になにが起きたのか、まるで想像がつかない。
「おれはそれを聞いたとたん、病院の屋上から飛び降りたくなったよ」
「……大谷」
「あのふみ切りで彼女が列車に飛びこんだ瞬間、おれはストロボを直視したかのような衝撃を受けた。そういったな」

「ああ、それほど衝撃的な光景だったってことだな」
「首だ」
「えっ？」
「彼女の首が……ちぎれた頭が、おれの顔面を直撃したんだ」
「なっ!!」
わたしは返す言葉が見つからなかった。なにをどういえばいいかわからなかった。
同時に、これがもしうそだったら、どうしてやろうかと思っていた。
大谷はわたしのそんな感情を察知したのか、なおも続ける。
「ちょっとこれを見てくれ」
そういって大きく口を開け、顔を上にむけてみせた。
右の犬歯が少し欠けているのが見て取れた。
「歯が……少し欠けてるようだが」
「ベッドの上で我に返ったとき、おれの上くちびるの内側にめいっぱい、脱脂綿がつめこまれてたんだ。口の中もひどく切れてたからな……」

そういわれてみれば、くちびるとそのまわりがわずかに変色し、少しはれぼったく見える。
「なん日もの間、定期的に看護師がその綿を取り替えにくるんだが、どうにもある一か所が痛くてたまらんのだ。看護師にそれを伝えると、『あなたが指差すあたりに裂傷はありませんよ』なんていうんだ。
『でもねえ、本当にこのへんが痛いんですよ』そういいながら、外側からほっぺたをさわったんだが」
「……だが？」
「指でこう、頬をなぞってたらな、一瞬、なにか〝しこり〟のようなものにふれたんだ。おどろいて、再度それをさわってみたら、そこにものすげえ激痛が走った。
だからそばにいた看護師に『ほら！　これこれ！　これが痛いんですよ！』っていったら、『ちょっといいですか』とかいいながら、いったん口に入れた綿をまた取り出したんだ」
「綿を？　ってことは口の中か？」
「空っぽになった口の中をな、こうまさぐるようにして見ていた看護師の表情が、一瞬ぐっと固まったんだよ」

「固まった？」

大谷の話を聞くわたしの心臓も、早鐘のように鳴っている。

「まるでなにかいやなものを見つけたように、瞬間的に目をかっと見開いて、小さく『あっ』てつぶやいたんだ。

そのとたん、『ちょっとこのままお待ちください！』そういい残して、病室を小走りで出て行っちまった。ほどなくして数人の医者をともなってもどってきたんだが、手には小さなのうぼんを持ってる」

「ノウボン？　あのソラマメみたいな格好の皿か？」

「そうだ」

医者たちの表情は一様にかたく、寝ていた大谷に上半身を起こすようながした。

「はい、では上をむいて大きく口を開けて。……え！　ああ……本当だな。こりゃまた……」

近すぎてそういう医者の表情がよく見えない。それがまた恐怖だった。

「なにがなんだかわからなかったが、ピンセットのような器具の先端を、左の頬の裏側あたり……つまり、さっきおれがさわった〝痛いしこり〟のあたりに持っていってなにかやってるん

だ。

『ちょっと痛いかも……ごめんねぇ』

医者がそういった次の瞬間、あの場所に激痛が走った」

「うえ……」

聞いているわたしの方が失神しそうだ。

「口の中にじわっと血がわき出てくるのがわかって、看護師が新しい脱脂綿を入れてくれたんだが……。

おれの口の中から取り出した〝なにか〟が、のうぼんの上で『カチッ』と音を立てたのをおれは聞きのがさなかった。

『先生！　ソレなんです？　もしかして、おれの歯が折れちゃったんですか？』って聞いたら……」

ふと大谷の顔を見た。

その目は……それまで必死にこらえていた感情が、一気に出てきたと思われる涙でいっぱいだった。

「『残念ながら、これはあなたの歯じゃありません』そういわれたよ」
「どっ、どういうことだよ！」
「ぼう然とするおれに、その医者は『あなたの犬歯と、亡くなった女性の前歯が当たったんでしょう。その拍子に歯茎と頬肉の間に折れた女性の歯が飛びこんでささり、最初の処置をしたときに、脱脂綿でさらにおくへとおしこんでしまったのでしょうね。なんせ当初は口の中が血まみれでしたからね』って、そういうんだ」
「……吐きそうだ」
わたしは正直にいった。
「……すまん。こんな話」
「……なんていっていいのか。と、とにかく、とんだ災難だったな……」
「だが、本当に聞いてほしいのはここからなんだよ！」
大谷はそれまで淡々と話していたが、急に大きな声になった。
「まだなんかあんのか……？」
「実はな。退院して以来、どこへ行っても犬にほえ立てられる。いや、猫さえ寄り付かないん

だ。手を出すとすごい勢いで威嚇されたあげく、爪で引っかかれてしまう。
それでな、おまえになにか見えないだろうか……と思ってな」
「なにかって、霊的ななにかってことか？」
「もちろん、そういうことだが。どうだ？　おれになんかこう……女性の影というか、なんというか……」
はっきりいってなにも見えないし、感じもしなかった。
おそらくは大谷の精神に、強烈なトラウマとなって残像を残していった、彼女の姿かなにかなのだろう。
うちの犬も、大谷に必要以上にはほえなかった。
「あまり気に病むな。しばらくゆっくりしろよ」
ありきたりな言葉だが、わたしは大谷に声をかけた。
「ああ……そうだな。少しゆっくりするか。ははは……こんなに朝早くから悪かったな。またくるから」
そういって大谷が立ち上がった瞬間だった。

「ウウ〜ッ!! ワンワンワンワンッ!!」
それまで静かに寝ていたうちの犬が、とつぜん火が点いたようにほえ出した。
「ガアウッ!! ガアアアァッ!!!」
尋常なほえ方ではない。口からはあわを飛ばし、白目をむいてほえ立てている。
「じゃ、じゃあな!」
それを見て大谷は、まるでにげるように家の外へ飛び出した。
「ワオオオ〜〜〜ンッ! ワオオ〜〜〜〜〜ン!」
「ワンワンワンワンワンッ! ワンワンワンワンワンッ!!」
「ウオオオオ〜〜〜〜ン!」
大谷が玄関を出るのと同時に、家の周囲から、いっせいに近所の犬たちの遠ぼえがひびきわたる。
なにごとかとわたしが家の外へ飛び出そうとしたとき、大谷の車の特徴的なエンジン音がとどろいた。
「まっ、待て大谷っ!」

そのまま行かせるのがしのびなくなったわたしは、引きとめようと声をかけたが、大谷は気付かず、そのまま走り去ってしまった。

なんだか釈然としないまま、わたしはガレージを横切り、玄関へともどる。

「あれ？　これ……なんで」

前日は雨だった。

いまはそのほとんどがかわいてしまっているが、ポーチのちょっとしたくぼみに、まだいく分、雨水がたまっている。

大谷は帰り際にそこへ足をつけたらしく、そこから車があった場所へと足あとが続いていた。

大谷がいつも好んではいているのは、わたしと同じスニーカーだった。

足あともよく知っている。

ところが大谷の足あとを、まるで追いかけるようにして付いている、もうひとつの小さな足あとがあった。

しかもそれはたどってみると、ちゃんと助手席側で消えていた。

わたしは家にかけこみ、すぐに大谷の携帯に電話をかけた。しかしなんどかけてみても、出

る気配がない。

「……お父さん」

ふり返るとそこには、ねむそうに目をこする娘が立っている。

時計を見ると、もう針は六時を指すところだった。

「だれかきてたの？」

「う、うん。お父さんの友だちがな。ちょっと相談があるっていって朝早くから……」

「どこ行っちゃったの？」

「ん？　なにが？」

「その人はどこ行っちゃったの？」

妙なことをきくなと思ったが、わたしはふつうに答えた。

「もうお話が終わったからね。ついさっき帰ったよ」

「……」

娘は不思議そうにしている。

「なんで？　どうした？」

「……だからかなぁ」
「なにがだい？」
「お姉ちゃんもいっしょに帰っちゃったんだね」
再びわたしの心臓がどきどきと動きを速める。
その先を聞くのがためらわれた。しかし聞かないわけにはいかなかった。
「ゆ、夢見てたんだね。お父さんの友だちはひとりできてたんだよ」
「……うそ」
「嘘じゃないよ」
「じゃあ……じゃあ、さっきまでずーっと廊下で『うーうー』ってうなってたお姉ちゃんだれ？」
きていたのだ。大谷といっしょに。気配を消し、二階にひそんでいた。
わたしは、すぐに家中の窓という窓を開け放ち、空気の入れかえをした。
仏壇に手を合わせ、祖父母、父、兄……亡くなったすべての親族に子どもたちの守護をたの

んだ。

そのかいあってか、わが家での異変はいっさいなかった。

二日後の午後になって、やっと大谷から連絡が入った。

「いやあ、ごめんごめん！　おとといは車の音でぜんぜん気付かなかったよ。どうした？」

あっけらかんとしている。

少々意地悪気味に、大谷が帰ったあと、あの日家で見たこと、起こったことを語って聞かせた。すると大谷がいった。

「悪い悪い。実はな……」

この男、なんとも大胆な手段に打って出た。うちへきた日の晩、彼女と対話したというのだ。

「うちのリビングに、でっかい鏡があるの知ってるだろ？　あのまえにテーブルを置いてすわってな。彼女にはジュース、おれはビールで乾杯した」

「乾杯って……その子はおまえのまえに姿を現したのか!?」

「自慢じゃないが、おれにはそういうのはまったく見えんのだ。

でもな……でもその〝存在〟は感じるんだよ。強くな」
「相手もびっくりしたろうな」
「それでな。『ちゃんと話そう』っていって切り出したら、部屋中がバシバシ鳴り始めてな。ちょっとびっくりだったが、ありゃいったいなんだ？」
「それは霊が現れるまえに発する一種の信号のようなもので、一般的には『ラップ現象』といわれてるが……しかしそれはある意味危険だぞ」
「なんで？　相手は女子高生だぞ」
この男は、根本がわかっていない。
しかし、ある意味正論といえば正論ではある。体をなくしているとはいえ、もともとは我々と同じ人間だったことは確かだ。
「いつまでも気味悪がってても、らちが明かないからな」
そして大谷は、〝人間らしい対話〟を思いついたのだった。
「おじさんは、あなたのことをなにも知らないんだよ。
しかもほら、こんなけがまでしちゃった。

どうして死んだの？　なんてことはきかないし、きいてもぼくにはなにも聞こえない。
ぼくのいた病室には、あなたのご両親がお見舞いにこられたよ。すごく申し訳なさそうだった。だから『もういいです』っていって帰ってもらったんだ。
帰り際に泣きながらなんどもなんども頭を下げて、『すみません、すみません』っていってたぞ。だからこれ以上、だれかを傷付けるようなことはしちゃいけない！
いまあなたがしなくちゃいけないのは、しっかり現実を見すえて、一日も早く明るい場所へ出ることだよ」

もちろんこれは大谷の〝ひとり言〟だ。
しかしその日以来、大谷が犬にほえられることはなくなったという。
彼女の一日も早い浄化を願って止まない。

空からの声

命ってどこにあるの？
心ってどこにあるの？
人は死んだらどこに行くの？

うちの娘の伊織が四歳くらいのとき、やぶからぼうにこう聞かれたことがあった。
明確な答えが見つからず、かといって難しい話は伝わるはずもない。
「そうだね。命ってとっても大事なものなのに、目で見ることができないよね」
その場はそういってお茶をにごした。

２００５年の夏。

その日わたしは、あるテレビ関係の仕事で茨城におもむいていた。
思いのほか帰りがおそくなってしまい、常磐道を使って家路を急いでいた。
数十分まえから降り出した雨は時間がたつにつれはげしさを増し、まるで台風のようだった。
しばらく走ると、それまで聞いていたラジオの受信感度が落ちだした。
ピーピーガーガーとうるさく、耳ざわりなので、ぷつんとラジオを消す。
外はあいかわらず、たきのような雨が降り続き、車の屋根をたたく音がおそろしいほどだ。
「すんげえ雨だな！　まえ、ぜんぜん見えねえし……。気を張って行かないと本当に危ないな……」
そうひとり言をつぶやきながら、ハンドルを持つ手にわたしはいっそう力をこめた。
ふとダッシュボードに埋めこまれているデジタル時計を見る。
22：27
（あーあ、いつもなら子どもといっしょに風呂入って、ねてる時間だなぁ……）
そんなことを考えたときだった。

……おとう……さ……

「んっ……？」

表現がとても難しいのだが、少しがんばってみよう。

心のすき間……といういい方が的確かどうかはわからないが、要するにちょっとした気持ちの空白部分に、別のなにかの意識が入りこもうとしている……とでもいおうか。

……おと……

また聞こえた。

気持ちの迷いやかんちがいの類ではないなにかが、まちがいなくわたしに語りかけてきている。

心を落ち着かせ、その〝意識〟にむかって精神を集中させてみる。

とはいえ、豪雨の中、高速道路を運転しているのだから、たやすいことではない。
すると、まるでわたしが集中するのを待っていたかのように、するするとそのなにかの〝意識〟が明確になってきた。

……おとう……さん……おとうさん……

実にはかなげな幼い声。
「な、なんだ、子ども？　ま、まさかうちの子になんかあったんじゃ……。
いや、待てよ。伊織はまだ、あんなにはっきり話せない。……はっ！」
その瞬間、数年まえに我が家で起きた、あるひとつのことが頭をよぎった。
伊織が生まれる一年ほどまえ、わたしたち夫婦の間に新たな命が芽生えた。
その当時、わたしが営む事業はいまひとつ思わしくなく、正直いって手ばなしで喜び合える〝おめでた〟ではなかった。

それから数週間後、まるで、我々のそんな気持ちを察したかのように、せっかく芽生えたその小さな命は流れてしまった。
妻が手術を受けるまえの晩だった。
なかなか寝付けずにいるわたしに、はっきりと聞こえた。

おぎゃあ、おぎゃあ、おぎゃあ！

わたしはおどろいて飛びおきたが、そのことを妻にいえるはずもなかった。
翌日、近くの産院で悲しい手術を受け、家にもどった。
まだ人の形になることもなく、この世の光を見ることもないまま、いってしまった小さな命。
その悲しすぎる現実に言葉を失い、悲しさとさびしさと、そして痛烈なうしろめたさとで、わたしたちは悲嘆にくれた。
「せめてあの子をちゃんと供養してあげよう」

水子には戒名が付かない。

それがたとえ一瞬であっても、この世に生を受ければ別だが、母胎の中で流れてしまった子には、あの世での名前ともいえる戒名を付けてもらえないのだ。

それではかわいそうすぎる……。

そこでわたしは妻とさんざん考えぬいた末、空という名前を付けた。

一日も早く空へ昇れるように……という願いがそこにはあった。

それ以来、毎年命日には欠かさず、子どもが好きそうなお菓子やジュースを持って、ある寺院にお参りしている。

「も、もしかして……そらちゃんかい？」

わたしは声に出してそう問いかけた。

……うん

はかなげではあるが、ちゃんとした答えが返ってきた。
もしかすると、単なる気のせいかもしれない。でもわたしはなおも問いかけた。
「そうか……そうなのか、そらちゃんなのか……」

……あのね……

「うん？　どうした？」

いおりちゃんは……まいにちまいにち……いっぱいだっこされて……

「!!」

……いっぱいいっぱい……あたまをいいこ　いいこされて……
どうして……どうして……そらにはないの？　……

涙が止めどもなくあふれ出た。わたしは声に出して泣いていた。

生まれることができなかった悲しみを、さびしさを、父であるわたしに必死に伝えようとしている小さな〝意識〟。

それがどれほどの悲しみであるか……。

父も母もいない空間に、お乳さえも飲むことができず、ただただ、ただよっているさびしさ。空しさ……。

それらをいま、必死に伝えようとしている。

「そら……そらちゃん。本当になんていっていいか……でもね、でもお父さんは遠くない将来、必ずそっちへ行くから。必ず行くから。

そのときは、いっぱいいっぱいだっこも、頭も……うぐっ……うぅ……」

それ以上は言葉にならなかった。

その意味を察したのか、その意識は小さく「……うん」とつぶやくと、すーっと遠のきかけた。

「ちょ、ちょっと待ってそらちゃん！　実はお父さんは、もうひとつ残念なことがあるんだ。それはね、それはあなたが女の子なのか、男の子なのかがわからないことなんだよ」

とっさにこう口にしたわたしだったが、その意識は答えることなく消え去ってしまった。

そのとたんだった。

それまで降っていたはげしい雨がぴたりと止み、気付くと満天の星がまたたいている。

時間がたつにつれ、次第に心も落ち着きだした。

（なんだったんだろう。本当にそらちゃんだったんだろうか……）

冷静にそんなことを考えられるようになっていた。

ひとりで雨の中、車を長時間運転するというのは、思いのほか重労働だ。

疲労困ぱいによる幻聴……もしかしたらそうだったのかもしれない。

家に着いたのは午前一時三十分を回るころだった。

手っ取り早く着替えをすませ、手を洗ってまだ食べていなかった晩飯にありつく。

ダイニングテーブルには、ラップに包まれたおかずがならべられていた。
それらを電子レンジに入れ、ご飯と味噌汁をよそって〝チン〟を待つ。
それからテレビを見ながら箸を運んでいたが、わたしは、ふとあるものに気付いた。
テーブルの端に、一枚の紙が置かれている。
手に取ってみると、それは伊織がかいたらしい、いつもの家族三人ならんだやさしい絵。
ところが、その日の絵はいつもと少しちがっていた。
伊織はいつも真ん中にお父さんをかき、その両側にお母さんと〝いおたん〟をかく。
ところがその日の構図は、真ん中にお母さん、その右側にお父さん、そして反対側に〝いおたん〟がいる。
さらに、いままでそんなことはなかったが、妻がボールペンでわざわざ〝おとうさん〟〝おかあさん〟〝いおたん〟と説明を入れている。
（へえ、たまには変わったバージョンを取り入れたりするものなんだな。これも成長の証しか……）
親ばかを承知で、そんなことを思いながら、わたしは、まじまじと我が子の絵を見つめた。

「あれ？　なんだこれ？」
よく見ると、真ん中にいる妻のおなか部分に、にっこりと笑ったスマイルマークのようなものがかかれている。
「おお！　なんと着ているTシャツの絵柄までかけるようになったかっ！」
わたしの親ばかぶりは、今も昔も変わらない。
その後風呂へ入り、わたしはさっさと寝てしまった。

翌朝。
目を覚ましリビングへ行くと、妻が朝食の用意に追われていた。
「おはよう」
「おはよう！　昨日はずいぶんおそかったのね」
「ああ、帰りにどしゃ降りにあってまいったよ」
「そうなんだぁ。こっちはずうっといい天気だったわよ」
そんな会話をしながら、わたしはいつもと代わり映えのしない朝のニュースを見ていた。

ふとテーブルの上に目をやると、昨晩見た伊織の絵が置かれたままになっている。
それを再び手に取り、しげしげとながめていると妻が声をかけてきた。
「それ見た？」
「ああ。昨日ご飯食べながら見たよ」
「なんか変わった絵でしょう？」
「そうだよな。いつもはおれが真ん中にいるのにさ」
そこでなにげなく、本当になにげなく、わたしは妻にこう聞いていた。
「ところでさ、おまえ、こんなTシャツ持ってたっけ？」
「ん？　Tシャツ？」
「そうそう。このほら、なんだかまえの部分にニコちゃんがかいてあるようなさ」
「ああそれね。あのね、それ、『がら』じゃないのよ」
「えっ、がらじゃなきゃ、いったいなんだっていうの？」
「伊織がその絵をかいてるところを、あたし、たまたま見てたのよ。それでね、『あれぇ？いおたん、お母さん、そんなシャツ着てないよねぇ』っていったの。そしたらね……」

「うんうん、そしたら？」

「『ちがうよ。これはねぇ、いおたんの〝お姉ちゃん〟なの』って、いうのよ」

「!!」

わたしは言葉が出なかった。

「どうしたの？　そんな顔して？」

妻が不思議そうにわたしを見る。

「それって、な、なん時ごろだ？」

「昨日は父がきててお風呂がおそくなっちゃったから、う～ん……十時半くらいだったかな……」

昨日、かわいたはずの涙が、再び大波となっておしよせてきた。

ぬぐってもぬぐってもわき出る涙に、目のまえはまったく見えなくなっていた。

そうなのだ。

あのときわたしは、去ろうとするひとつの意識にむかって、確かにこう話しかけた。

「あなたが女の子なのか、男の子なのかがわからない……」と。

そのあと、空はここへきたのだ。

現世に生まれ、すくすくと当たりまえに育っている自分の〝妹〟の手と口を使って、『お父さん！　あたしは女の子なのよ！』と教えにきたのだ。

それまで、わたしにはひとつの疑問があった。

小さいころから様々な怪異を経験してきてはいるものの、そのどこかでわたしの中には一抹の懐疑心があった。

（あれはもしかすると、風の音だったんじゃないだろうか……）

（あの影は単に木や草の影かもしれない）

自分で自分を疑う猜疑心。

でもこの〝空からの声〟を経験して、いっさいの疑いや疑問はすべて打ちはらわれた。

ちゃんとあるんだ。

心は生き続けるんだ。

そして……いつでも自分を見ているのだ……と。

いま伊織は、必死で塾の勉強をがんばっている。

小学生ながら、中学三年生の学習に取り組み、毎年表彰台でトロフィーをいただいている。

時には難しくて音を上げ、泣きながら机にむかっている姿を見ることもある。

そんな姿が不びんでならず、「いおたん、そんなに難しいならクラスを下げてもらおうか？」と声をかけることもあるが、伊織は一貫して「いやだ！　絶対やるんだ！」といいきっている。

そんなとき……。

がんばる彼女の横に立って見守っている、もうひとりの〝娘〟の姿を見ることがある。

最後に

この本の中には、思わず目を背けたくなるような惨状や、そのような表現がされている箇所が出てきます。読んでいただける方の様々な年齢を思うとき、そこに配慮し、表現を変えるべきだったのかもしれません。

しかし現実はちがいます。

たとえこの本の中でそれをかくし、あたりさわりのない言葉づかいでいい表しても、現実は常に過酷なものです。それで純然たる「人の死」「人の心」「人の道」を描くために、あえてこうした表記、表現を用いました。

この日本には、様々なすばらしい文化が継承されています。

歌舞伎、文楽、講談、落語……。それらの中で命を説き、人の情けや魂を称えてきました。

そしてそのすべての文化には、いつの時代も〝怪談〟がつきものでした。怪談を通して「命とは？　人の情けとは？　そして魂とは？」と問うてきたのです。

そんなすばらしい継承があるにもかかわらず、現代はどうでしょうか？

人の亡くなった場所を〝心霊スポット〟と称してあざける、神社仏閣にいたずら書きをする、どこへ行ってもスイッチひとつで明かりが灯り、真の闇はどこにも見当たらない……。

そう。本当の闇は、人の心の中にのみ存在するようになったのです。

わたしは幼少のころから、数々の怪異を目の当たりにしてきました。その中には、おそろしいもの、不思議なもの、悲しいものなどが混在し、多種多様な思い出として形作られています。

「なぜわたしなんだ？　なぜ今なんだ？　なぜ……？」

怪異に出会うたびに、いく度となく同様の疑問がわき、答えの出ないことと知りながらも、母に問うてみたこともありました。

そしてその答えが、ここへきてやっと、見えてきたように思えます。

そう。それこそがこの本の存在なのです。

わたしは過去、数々の教育機関に招かれて、〝道徳怪談〟なるものを実施してきました。しかし、子どもたちに〝本当の怪談〟を示す機会にはめぐまれなかったように思います。

この本にある数多くの話を、読者が「怖い」と感じるか、「気持ち悪い」と感じるか？　そんな中で、もし「なぜ？」と感じる読者がいたならば、わたしの役目は果たされたことになる、そうわたしは考えています。

なぜ彼女は死にいたったのか？　なぜ彼はそこまでのうらみを持ったのか？　そして、なぜこの世に想いを留まらせているのか？

すべてを読み終えたとき、そんな多くの「なぜ？」を読者が感じてくれたなら、わたしは嬉しいかぎりです。

数百兆分の一の確率でビッグバンが起き、数十兆分の一の確率で銀河系ができ、数兆分の一の確率で太陽系ができ、数百億分の一の確率で地球ができ、数十億分の一の確率で人間が誕生し、数億分の一の確率であなたが生まれました。

人を殺しえるほどの苦しみも、自ら命を絶つほどの悲しみも、この途方もない数字のまえには存在しない……ということを知っていてほしいと思います。

中村まさみ

北海道岩見沢市生まれ。生まれてすぐに東京、沖縄へと移住後、母の体調不良により小学生の時に再び故郷・北海道に戻る。18歳の頃から数年間、ディスコでの職業ＤＪを務め、その後20年近く車の専門誌でライターを務める。
自ら体験した実話怪談を語るという分野の先駆的存在として、現在、怪談師・ファンキー中村の名前で活躍中。怪談ネットラジオ「不安奇異夜話」は異例のリスナー数を誇っていた。全国各地で怪談を語る「不安奇異夜話」、怪談を通じて命の尊厳を伝える「道徳怪談」を鋭意開催中。

著書に『不明門の間』（竹書房）、オーディオブックＣＤ「ひとり怪談」「幽霊譚」、監修作品に『背筋が凍った怖すぎる心霊体験』（双葉社）、映画原作に「呪いのドライブ　しあわせになれない悲しい花」（いずれもファンキー中村・名）などがある。

●校正　株式会社鷗来堂
●装画　菊池杏子
●装丁　株式会社グラフィオ

p.89「山精」鳥山石燕・画
（収載：鳥山石燕・著『画図百鬼夜行全画集』角川ソフィア文庫　所蔵：東北大学附属図書館）

怪談 5分間の恐怖　また、いる……

発行	初版／2016年12月　第9刷／2023年3月
著	中村まさみ
発行所	株式会社金の星社 〒111-0056　東京都台東区小島1-4-3 TEL　03-3861-1861（代表）　FAX　03-3861-1507 振替　00100-0-64678　ホームページ　https://www.kinnohoshi.co.jp
組版	株式会社鷗来堂
印刷・製本	図書印刷株式会社

256ページ　19.4cm　NDC913　ISBN978-4-323-08111-3

乱丁落丁本は、ご面倒ですが小社販売部宛にご送付ください。
送料小社負担でお取り替えいたします。

© Masami Nakamura 2016
Published by KIN-NO-HOSHI SHA, Tokyo Japan

JCOPY 出版者著作権管理機構 委託出版物

本書の無断複写は著作権法上での例外を除き禁じられています。複写される場合は、そのつど事前に出版者著作権管理機構（電話 03-3513-6969　FAX03-3513-6979　e-mail: info@jcopy.or.jp）の許諾を得てください。
※ 本書を代行業者等の第三者に依頼してスキャンやデジタル化することは、たとえ個人や家庭内での利用でも著作権法違反です。